U0068438

創造性的場域寫作教學

creativeness writing

林璧玉 著

作者序

　　作文在現今備受重視，坊間有關寫作教學的書籍琳瑯滿目，作文班、補習班林立，寫作形成了一股風潮。尤其是在創造性寫作教學方面，各家著墨甚多，不管是學校或坊間的作文班、補習班均講求創意教學，老師、家長也都期許孩子能寫出具有創意的作品，但什麼樣的作品才算有創意？本書先行探討寫作教學現況，發現現今所講求的創意概念並不清楚，所以試著將學生具創意的語文經驗分為知識性、規範性、審美性三大範疇，分析其實際體現的創意性，以無中生有與製造差異來作區分，並輔以相關的作品來印證，藉以歸納出創造性寫作的向度。

　　在創造性寫作教學法方面，經我參閱了相關論文、書籍後發現到，眾多的研究者在論述中強調教學法的佔大多數，大部分的研究都未涉及到場域的概念，在此端的施作，全賴教師自由運用。基於此，本書嘗試在創造性寫作教學上加入場域這一新觀念，並藉由探討學校課室、作文班及國、高中補習班等三種不同的教學場域作為研究主題，針對這三種場域不同的地理空間、社會空間，結合各種教學法，提出創造性場域寫作教學的策略，讓寫作教學的層面更臻完整。

　　此教學策略主要是以三大文類為主體，分別為抒情文、敘事文及說理文，因為這三種文類涵蓋面相當深廣，所以本書將其再作細

項分別論述。抒情文以童詩、抒情散文寫作為主；敘事文則以敘事散文、童話、少年小說為重點分析；說理文以一般論說性的文章為代表，藉由這三種文類為範圍，融合場域與創造性寫作教學，冀能提出應用性及普遍性的創造性場域寫作教學策略。

　　最後，希望藉此一具體且完備的教學方案能大力推廣、應用於學校課室、作文班及補習班的教學，繼之而成為文學營、社經文宣與商業廣告企畫的觀摩對象。讓研究者更引頸期盼的是有朝一日，此方案可以影響課程綱要的修訂，達成語文教育學習領域追求創造性教學的一貫目標。

目　次

圖目次

表目次

第一章　緒論

第一節　研究動機與問題

　　自從九年一貫課程實施以來，國語文的教學時數大幅縮減，當中聽、說、讀、寫（寫字）佔了教師絕大多數的教學時間，剩下的寫作教學時間相對減少，以致於教師無法有系統的進行寫作教學。而帶給教師更痛苦的是在批改作文時，學生作品貧乏的內容、網路語言火星文的使用、標點符號誤用、錯別字滿篇……等問題，讓老師大嘆學生的作文能力低落；學生也因為寫不出好作品，得不到讚賞，或只把作文當成一項作業，形成心中莫大的壓力，漸漸對作文產生厭惡感，對寫作興趣缺缺。

　　近來在教育部決定國中基測加考作文後，引起了老師、家長的恐慌。原本希望學校能多加強學生的寫作能力，但學校國語科的教學時數不足的問題卻始終無法解決，老師也深感困擾，家長在束手無策之下，只好求助於校外的作文班、補習班，以致於近年來作文班、補習班如雨後春筍般紛紛成立。家長無不希望藉由各種管道、方法來提升孩子的寫作能力，這樣的情形，興起了一股寫作的風潮，寫作開始受到重視，國內關於寫作教學的書籍、研究也日益增多，讓我們看到了寫作教學逐漸有了轉機。

　　教學是一門藝術，寫作教學更稱得上是藝術中的藝術。寫作對學生來說，當然是創造能力最具體的表現，每一篇文章，是經過他們一番感觸、構思、整理之後的產品。（林亨泰、彭震球，1978：3）而寫作教學的引導，要如何運用的恰到好處，則是現今寫作教學者最感困惑的了。就如同周慶華（2001）所提：

> 作文難，指導他人作文更難。因為作文是在彰顯人的在世成就以及熱心參與改造世界的行列，並非未經一番有效磨練的人所能倖至；而指導他人作文則是在自己的能力和經驗基礎上，冀望能再行推廣而形成普遍的效應，但常事與願違，以致得具備更多的知識，才能順利的從事提攜、引導、促成他人走上相同寫作的道路。（封面底說明）

　　在教學的過程中，我深刻的體會到指導寫作的困難處。依我在學校的寫作教學現場來看，對大部分學生而言，寫作是他們心中認定的苦差事。有人在書桌前左思右想個大半天，就是想不出一個所以然來；有人拚命咬著鉛筆桿，腦袋裡卻還是一片空白。另外，在作文班的教學經驗也常是如此，學生雖然有每堂課都要完成一篇作文的心理準備，但偶爾還是有一些學生看到題目卻不知如何下筆的困擾。學生通常會問我：開頭怎麼寫？或者文章的開展要寫些什麼？甚至有些學生不肯動腦去想，便會耍賴的落下一句：「我不會寫！」或「到底怎麼寫？」還記得有一次，作文班在舉辦作文比賽時，一位二年級的參賽學生更在文章裡寫下了她的心聲：「……爸爸，我好想對您說：我不想再上作文班了，因為老師規定每次都要寫一篇300多字的作文，讓我常常想破頭也想不出來，我覺得好累、好累……」

　　身為一位教學者，面對教學現場的難題，寫作為什麼會成了老師、學生深受折磨的苦差事？這些問題，引發我想了解癥結點到底在哪裡？了解學生目前所面臨的困境並尋求適當的寫作教學方式，善用教學技巧引導學生關注生活的細節，激發學生豐富的想像力，鼓勵學生發揮創造思考，樂於表達心中的感受。林亨泰、彭震球（1978）曾提出：

　　　　正確的作文教學，應該從啟發兒童的思路著手，盡量輔導
　　　　他們發揮潛藏的想像力。今日的教學，經過許多實驗的結
　　　　果，證明啟發想像力的教學方式，對程度高的兒童有意想
　　　　不到的功效，對於能力比較低弱的兒童，也有很大的幫助。
　　　　（12）

　　兒童天生就擁有比成人更豐富的想像力，而想像力是創造力不可或缺的元素，教育部在 2001 年推出的《創造力教育白皮書》中也強調創造力是二十一世紀世界公民的重要基礎能力，應適時將創造力課程及教材融入各科教學。同時在「九年一貫課程綱要總綱」也秉承教育基本法第二條的理念，強調培養欣賞、表現、審美及創作能力為重要的課程目標。（教育部，2001）

　　Turner 認為只要一提到創造力，大家都立即想到創造性寫作（creative writing），我們常常很自然的把寫作當成自我表達的一種創造的形式。（引自林建平，1985）所以，在寫作教學上引發兒童的創造力寫出有創意的作品儼然已成為一種趨勢。但在大家都追求創意的同時，我卻對學生寫出什麼樣的作品才稱得上「有創意」產生疑問，實施創造性寫作教學時應引導學生朝哪些方向才能寫出具

有創意的作品？這是本書的問題之一。針對此問題，本書試著建構出具體的規模以供普遍的檢證。比如下列一則被列為「小故事大智慧」範例的短文所示的：

> 經營時裝店的莎娜女士最近十分煩惱，因為左側的花店開始轉向經營時裝，不光舖面比自己的大，還打出一個十分氣人的招牌：「這裡的買賣最合算！」
>
> 莎娜女士心中的一口悶氣還未消乾淨，時裝店右側的花店也開始做起時裝生意來了，而且也打出更刺眼的廣告：「這裡的價格最公道！」
>
> 莎娜女士終於想出了對策：在自己的時裝店門口正上方掛了個大大的牌子，赫然標著「入口」。（楊敏編，2003：130）

文中這位莎娜女士所想出的對策形同「無中生有」，可以說是創意裡頭「最高檔」的表現。又如比下列三則幽默短文所示的：

> 妹妹搶弟弟的玩具，被弟弟推倒，嚎啕大哭。爸爸要弟弟罰站。
>
> 媽媽在廚房聽到哭聲，也來罵弟弟說：「我不是才告訴你，妹妹還站不穩，不可推他，怎麼馬上忘了。」
>
> 弟弟張著無辜的大眼睛說：「我知道誰比較疼我了，早上我推妹妹沒推倒，媽媽就要我罰跪；現在我推倒了妹妹，爸爸只要我罰站。」（柔柔，2000）

　　洲際火車在無垠的平原上高速行駛，靠窗而坐的老人正在看著報紙，一不小心把新買的真牛皮鞋弄掉了一個，皮鞋從窗口滑落，很快和四周的風景一樣被飛速地拋在了腦後。

　　這雙真牛皮鞋是老人的兒子特地買給他的，老人很喜歡，而且一直不捨得穿。現在遺失了，很多人都表示非常惋惜，甚至有人建議老人在前方小站停靠時沿鐵軌回去找找。

　　但老人卻很果斷地拿起眼前另一隻鞋大力地向窗外擲去，很快另一隻鞋也消失在視線內。

　　旁人迷惑不解地問老人：「難道你竟如此討厭這雙真牛皮鞋嗎？掉了一隻不算，還要把另一隻也扔掉？」

　　老人認真地說：「反正我已經掉了一隻皮鞋了，剩下單獨的一隻對我沒有任何意義。而我把另一隻也扔掉，說不定別人可以撿到兩隻皮鞋，這樣，這雙皮鞋對他算有點用。」（楊若麟，2007：76）

　　有一母親帶著她的兩個孿生女兒到玫瑰園裡去遊玩，並准許她們兩個自由戲耍。不一會，一個女兒跑過來對母親說：「我不喜歡這裡，這裡的每朵花下都有刺。」又一會，另一個女兒跑過來，欣喜地說：「我好喜歡這裡，這裡的刺上都有花。」於是母親感慨的說：同是一片玫瑰園，兩個女兒關注的角度不一樣，就有了全然不同的感受。」（唐文，2005：94）

　　第一則短文中那位小弟弟的「邏輯推斷」無異製造了一種「知識性的差異」（爸爸比媽媽疼他）；第二則短文中那位老人的「憐憫

心」則不啻製造了一種「規範性的差異」（比別人知道自我割捨去助人）；第三則短文中那位小女孩的「賞花情」則如同製造了一種「審美性的差異」（比她的孿生姊妹要能夠感物動情）。這些關係各層面的「無中生有」和「製造差異」等，就是本書所要提出可以有別於他人的創意觀。

研究問題之二是：觀看國內有眾多學者針對創造性寫作教學進行行動研究及其他的實證研究，利用創造思考教學策略，經由適當的教學設計及引導實際進行寫作教學，各研究結果雖然都顯示學生寫作的興趣及能力都有明顯的提升，但在這些研究中，教學地點一律以學校課室為主。本書試著在創造性寫作教學下再加入場域的概念，探討不同的場域之下教師運用的教學策略應該也要有所不同；教師若是能更加重視教學現場的地理空間、社會空間這二種既分又合的微妙關係，對整個寫作教學來說是否會更有效果？透過這樣的研究，期能有所貢獻於各場所的寫作教學以為自我提升成效。畢竟在學校課室的寫作教學和在作文班的寫作教學、甚至補習班的寫作教學，所選用的教材和所要營造的教學情境以及學生的來源等等都不一樣，不可能用一套教學策略就可以「通行無阻」，以致帶進場域的觀念就有更進一層重樹寫作教學理論典範的可能性。

第二節　研究目的與方法

在寫作教學這塊領域，已經有許多人為之付出心血耕耘，但是在眾多理論中，實際上並未能完全解決我教學時所遭遇到的難

題，在不同場域的教學，老師能運用的教學法相對不同、師生各
自的心態也不一樣，而且師、生之間互動的方式各有差異、甚至
學生的來源與組成也不一……等因素，在在都會影響到教學的效
果，我希望藉此研究，不僅能解決自身的困境，同時也能喚起其
他研究者對「場域」概念的重視，在實施創造性寫作教學中，學
生能否有創意的表現，最重要的影響因素就是老師，本書針對三
種不同場域建構創造性的寫作教學策略，希望能對處在這三種不
同場域的教師有所幫助，讓寫作的教與學獲得最大成效，更期
望能推廣到社會商業場域，讓學生的創意作品有另一個揮灑的
空間。

　　為了達到上述的研究目的，本書以理論建構的方式先架構出理
論基礎，之後再輔以相關的成果說明，讓本書的整個脈絡更加清
楚。在這裡所提及的理論建構，周慶華（2004a）《語文研究法》一
書中有簡要的論述：

> 理論建構，講究創新。大致上從概念的設定開始，經由命題
> 的建立到命題的演繹及其相關條件的配置等程序而完成一
> 套具體系且有創意的論說。（329）

　　據此在進行研究之前，必須先設定相關的概念，才能達到研究
的目的，確認欲研究的問題。試就本書中的「概念設定」、「命題建
立」及「命題演繹」的發展進程，圖示如下頁圖1-2-1。

　　由於各章節所處理的問題性質不同，適合的研究方法各異，茲
整理並敘述如下：

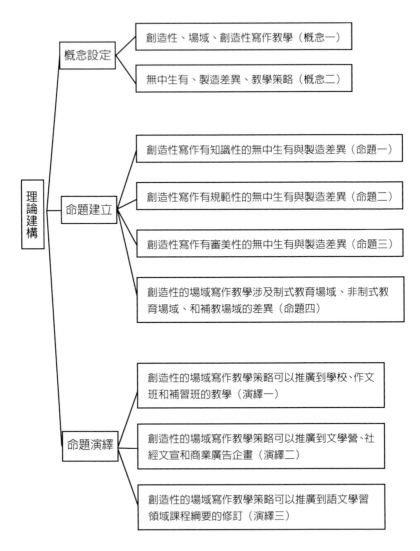

圖 1-2-1　本書理論架構示意圖

一、現象主義方法

現象主義方法它指的是凡是顯現於意識中或為意識所及的對象。（周慶華，2004a：95）如「（文學現象）包括一切關於文學的人、事和作品」及其「彼此之間互動的複雜關係」。（李瑞騰，1991：43）在本書有關文獻探討、寫作教學現況、寫作作品舉例等資料的收集上，因礙於個人可經驗得到的極為有限，所以只能針對我意識所及的對象作分析、論述，而有關「場域」中的「社會空間」，所涉及的社會環境、師生互動、學生心理、教室氛圍……等複雜的變化，也只限於顯現於自己意識中或意識所及的部分作處理。

二、美學方法、詮釋學方法

美學方法，是評估語文現象或以語文形式存在的事物所具有的美感成分（價值）的方法。（周慶華，2004a：132）先從「美」談起，「美」是一種感動，而感動為價值的判斷，意義的認定，屬於心理的好惡，就是感性的活動，所以本書在關於寫作、創造的部分，需要藉美學的方法來研究。

文學本身是一門藝術，童慶炳在《中國古代心理詩學與美學》這本書提及有關文學創作的歷程發展是「隨物宛轉，與心徘徊」，這兩句的意思是詩人自己的思想感情，會隨著景物聲色的變化而宛轉起伏。繪寫景物色彩、臨摹景物聲律，又使外界的景物聲色隨著自己的思想情感的變化而迷宕徘徊。「隨物宛轉」強調詩人對客觀世界的追隨與順從。強調原本存在的物理境是創作的起點與基礎，詩人的創作是一種意識活動，只有一個來源，就是客觀的世界。「物

理境」就是我們所說的生活，是文學的創作鏈條中的第一鏈。隨物以宛轉是長久地、悉心地在物理境中體察，而非零散的拼湊。對此，古代詩論有豐富的論述。《禮記‧樂記》:「凡音之起，由人心生也，人心之動，物使之然，感物而動，故形於聲。」例如：南宋楊萬里〈答建康府大軍庫監門徐達書〉:「我初無意於作是詩，而是物、是事適然觸乎我，我之意亦適然感乎是物、是事，觸先焉，感先焉，而後詩出焉。」「與心徘徊」用心理學的術語，就是要從物理境轉入心理場。詩人如果只「隨物宛轉」，就只能永遠當自然的奴隸，不可能成為創造者，他眼中也就只有物貌，而不會有詩情。所謂「與心而徘徊」，就是詩人以心去擁抱萬物，使「物」服於「心」，使心物交融，獲得「心理場效應」。例如：清代鄭板橋著名的「眼中之竹」、「胸中之竹」、「手中之竹」的說法：

(一) 眼中之竹──尚未經過思想、評價、情感過濾的自然景物。

(二) 胸中之竹──經過畫家審美尺度衡量過，已滲透畫家主觀因素的藝術典型形象。

(三) 手中之竹──通過畫家藝術實踐物化了的「自然美」形象。

鄭板橋的說法把畫家那裡所形成的心理場，分成了由淺及深的三個層次，說明「與心徘徊」是一個不斷深入、變幻的過程。(童慶炳，1994)

由以上的認知來看本書中的創造與寫作，將以理性的運作及方法為認知前提，使感性成為知識對象，從美學的角度來歸納創造性寫作的的方向。至於細分此語文經驗向度的問題則是屬於詮釋學方法。所謂詮釋學方法，指的是「解析語文現象或以語文形式存在的事物所內蘊的意義。」(周慶華，2004a：101)所以本書中的知識

性、規範性、審美性的無中生有與製造差異的區別、詮釋，主要輔以此方法來進行。

三、社會學的方法

社會學方法，是指研究社會現象的方法。（陳光中等譯，1991；謝高橋，1997；藍采風，2002）本書的「場域」課題，涉及到地理空間及社會空間的探討，必須藉助社會學的方法來進行研究，因自己可以觀察的場域有限，所以在補習班、作文班場域的寫作教學情況，採用社會學方法中的觀察法；另外，在寫作教學方面，因相關的制約力較多，所以採文本社會學的方式進行。周慶華（2004a：89）指出，這種相關語文現象或以語文形式存在的事物所內蘊的社會背景的解析，大體有兩個層面：一個是解析語文現象或以語文形式存在的事物是如何的被社會現實所促成；一個是解析語文現象或以語文形式存在的事物又是如何的反映了社會現實。本書約略就順著這兩個方向來發展寫作教學的觀念。

四、教學方法

針對本書第六章的教學策略設計與實施，必須藉助於下列閱讀及寫作教學方法，以期達成有效寫作教學的目標。

（一）閱讀教學方法

它的方法性是以「閱讀教學」為名而結合各種可能的獲取語文經驗的方法和各種可能的教學活動安排的方法等所成就的。（周慶

華，2007a：47）在本書中，實際實施創造性場域寫作教學時，會搭配作品賞析，舉出實際的例子具體說明。

在這些例子及閱讀教材的選擇方面，則視場域而定。一般在制式教育裡，因為受限於能力指標或課文內容，比較受限定，與寫作的聯結上，則必須與國語課程相互搭配，進行讀寫結合；而在非制式場域中的教材則較為彈性，可以自行編設教材，不必受限於課程綱要、能力指標。但這兩種教材也並非必然的「壁壘分明」，在教學上，可視教學目標彈性選擇教材。此兩種教材的選擇，有其相異之處，但也有其相同的部分，可視教師在教學時靈活運用，此時就要藉由教學活動的激動安排，達到有效閱讀教學的效果。

在閱讀教學活動安排方面，必須同時考慮到閱讀者、教學者、社會環境……等因素，才能進行有效的閱讀教學，此關係網絡就是相關閱讀教學活動要進行機動性安排的起點，其繪製的網絡關係圖如下：

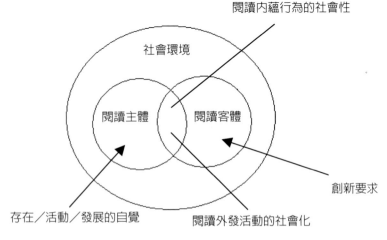

圖 1-2-2　閱讀教學活動關係圖（周慶華，2007a：57）

就以格林童話中的〈白雪公主〉（趙敏修改寫，1992：408-419）為例。我們固然不確定學習者面對這一份教材會自行發展出什麼樣的閱讀策略，但可以為他們設想各種取向的閱讀而依便在教學活動中引導他們契悟。如文中的擬人且聯想翩翩的寫法以及「自卑者都有危險傾向（特就王后來說）」的寓意所具有的心理認知作用等，可以歸在知識取向的範圍；而另一個寓意「善良勝過邪惡（特就白雪公主來說）」的道德教化作用，則可以歸在規範取向的範圍；至於「魔鏡」、「毒蘋果」、「七矮人」、「鐵鞋」等生動意象的塑造和王后毒害白雪公主、七矮人解救白雪公主、王子獲得美人歸、王后遭到報應等曲折情節的經營，所見的審美感可以歸在審美取向的範圍。（周慶華，2007a：57-58）這些縱使是無法藉以取代學習者其他的理解，但在教學過程中可以以此為教學引導的方向，再由教師所處的場域需要搭配適當的閱讀教學法，例如：講述法、討論法、探究法或創造思考法等來進行閱讀教學。

（二）寫作教學法

寫作可以說是學生學習語文經驗的綜合體現，寫作的難度可想而知，寫作教學方法對本書來說是相當重要的，在進行創造性的場域寫作教學時，選擇適合的寫作教學法，以藉此來達到最佳的學習效果。

以學習者「如何學習」為考量部分來論述，可以採用下列幾種教學方法：第一，講述法／成果導向教學法；第二，自然過程法／低結構性過程導向教學法；第三，環境法／高結構性過程導向教學法；第四，個別化法／輔助式成果導向教學法。（周慶華，2007a：97-98）其中，本書較為適用的是環境法。所謂的環境法所指的是：

相關寫作活動由教學者和學習者共同責任分擔。它先由教學者選擇題材、設計教學活動；而在教學者簡短解說學習內容或教導某些教學策略後，再由學習者以小組討論方式進行部分寫作過程（例如協助彼此構思寫作要點或學習寫作技巧，並根據教學者提供的評量標準而對同儕的作品提供回饋等）。除了上述教學方法外，為了方便引起學生寫作的興趣，以及寫出創造性的作品，可適時搭配其他的寫作教學法。

　　本書中的教學活動，教師在選擇題材、教學內容方面需依照場域的特性而有所調整，因為寫作的過程幾乎都有「範文」的引導，此時就需搭配閱讀教學。實際上閱讀與寫作有相當密不可分的關係，像本書以閱讀引導為前提，實際是為了替後續的寫作鋪路，閱讀教學方法和寫作教學方法互相搭配，以期獲得最大的教學成效。

第三節　研究範圍及其限制

　　本書的研究範圍與限制，大致上可分為創造性寫作教學及場域兩大部分來探討。首先以創造性寫作教學來說，本書的範圍主要朝向藉由「創意作品」的分析來提點。而關於「創意作品」的選用，依上節的研究方法，採用的是現象主義方法，基於個人所接觸的作品有限，只能在平日的閱讀中選取適合的教學文本，判斷作品是否具有創意。大體上本書是以「無中生有、製造差異」為判別的依據，其中無可避免會加入個人主觀意識的解讀；尤其在無中生有的部

分，僅能就個人本身所接觸過的作品中因為無前例可循，所以研判為「無中生有」的作品。

　　「創意作品」選定之後，本書更將「創意作品」再予歸類、細分。依周慶華（2007a）《語文教學方法》一書中提到的語文經驗的分類（便於認知和仿效），約略不出人所能具備的「知識性」經驗、「規範性」經驗、「審美性」經驗等三大範疇。上述的歸類方式無形中會加入個人的價值意識來判斷，作品中所表現出來的語文經驗，單篇作品也可能三者兼具，其關係如下圖所示：

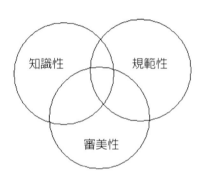

圖 1-3-1　三大經驗範疇關係圖（周慶華，2007a：254）

　　但本書採用的是文中所旨意偏重的部分來作為引導的重點，例如在《連總統都喜歡的 55 個小故事》中的一則短文所表現出的三種語文經驗：

　　　　有一天，素有「萬獸之王」之稱的獅子來到了天神面前：「我很感謝祢賜給我如此雄壯威武的體格，如此強大無比的力氣，讓我有足夠的能力統治整座森林。」

　　天神聽了，微笑地問：「但是看樣子，這不是你今天來找我的目的吧！你似乎為了某事而困擾呢！」

　　獅子輕輕吼了一聲，說：「……因為儘管我的能力再好，但是每天雞鳴的時候，我總是會被雞鳴聲給嚇醒。神啊！祈求祢，再賜給我一個力量，讓我不再被雞鳴聲給嚇醒吧！」

　　天神笑道：「那你去找大象問問吧！牠會給你一個滿意的答覆的。」

　　獅子興沖沖地跑回森林找大象……卻看到大象正氣呼呼地直踩腳。

　　獅子問大象：「你幹嘛發這麼大的脾氣？」

　　大象拼命搖晃著大耳朵，吼著：「有隻討厭的小蚊子，總想鑽進我的耳朵裡，害我快癢死了，趕又趕不走。」

　　獅子離開了大象，心理暗自想著：「原來體型這麼巨大的大象，還會怕瘦小的蚊子，那我還有什麼好抱怨呢？畢竟雞鳴也不過一天一次，而蚊子卻是無時無刻地騷擾著大象，這樣想來，我可比他幸運多了。」

　　獅子一邊走，一邊回頭看著仍在踩腳的大象，心想：「天神要我來看看大象的情況，應該就是想告訴我，誰都會遇到麻煩事，而牠並無法幫助所有人……反正以後只要雞鳴時，我就當作雞是在提醒我該起床了，如此一想，雞鳴聲對我還算是有益處呢！」（何南輝編著，2007：41-43）

此篇小故事中的獅子原本深受雞鳴的困擾，但在看過大象的處境之後，覺得每個人都會有麻煩事，而牠自己和大象比起來，相對的幸運多了。由此觀念的轉變，獅子自我化解了煩惱，無異是一種「知

識性的製造差異」，這也是本篇的重點。另外由於獅子並不責怪帶給牠煩惱的雞，反而能以另一種角度去看待牠：「我就當作雞是在提醒我該起床了」，此為屬於道德昇華層次，所以將它歸在規範性的製造差異的範圍內；關於審美性的製造差異在此篇中並不是很明顯，相對來說，獅子若是將造成牠煩惱的雞給弄死，這樣就缺乏美感了，文中獅子的意念一轉，其人格也隨著昇華，產生了一種意象美。這則故事中三種語文經驗都具備，但基於題材的限制，在處理相關課題時有輕重緩急的順序，以致本書僅能選擇文章的核心、重點概念。換句話說，本例子選擇以「知識性的製造差異」為引導的重心，「規範性」、「審美性」的議題則暫時擱置，並不特別強調；其他則依此類推。

　　透過這些作品來引導學生創造思考，加上本書希望學生能寫出「有創意」的作品，在寫作的字數上不加以限定，有關教學設計實施時寫作的文體類型，選擇以抒情文、敘事文、說理文為主，這三大文體和寫作教學的整體關係簡單以下圖 1-3-2 來表示。

　　由下圖 1-3-2 可看出這三大文體寫作所涵蓋的範圍廣泛，本書只能針對三種場域下的創造性寫作作為論述的主體；而在創造性寫作下再將這三大文體予以細分，原則上以較為容易讓學生發揮想像力、聯想力的體裁為主：抒情文的部分以童詩、抒情散文為主，敘事文則以敘事散文、童話、少年小說為主，說理文則以一般性的論說文為主。礙於論述體例和時間不足的限制，在創造性場域教學策略的設計上，也只能隨機取場域搭配相應的文體來設計實施。由於本身只接觸到學校及作文班的教學現場，所以對國、高中的補習班則有所限制，無法至現場實際教學，只能藉由收集來的資料或別人的研究成果等，作一個大略的探討並設計教學活動。

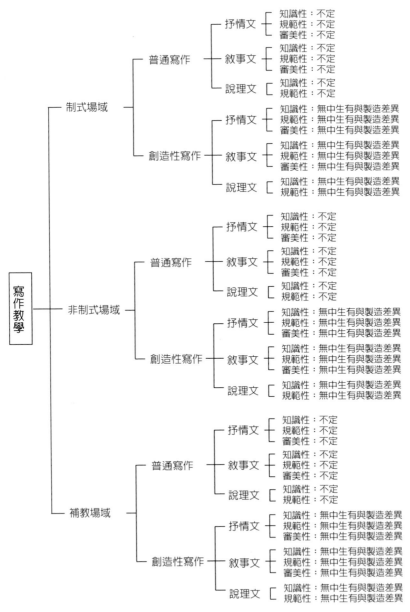

圖 1-3-2　三大文體寫作教學關係圖

　　在「場域」方面，場域所涵蓋的面向更為廣泛，舉凡教學的地點、教室空間、師生互動、教學情境……等，如果全部的因素都要顧及，則有感於時間、能力的有限，所以本書選擇我任教的學校、作文班兩種場域，怕感到不足。再加上與前兩種場域有著不同特性的補習班，這三種場域就如前面所提及的限制，也僅能大方向的探討，無法深入細分；如果要詳加以細分，到處都可稱為「場域」，「場域」是變動的，所以本書需要將它固定為三大範圍，分為制式場域、非制式場域及補教場域。在資料的收集上，學校、作文班可加入自己的經驗，但補教場域的資料收集，只能靠觀察補教場域的現況；也由於補教場域教師師資多元，所擁有的學識背景也會有差異，礙於時間與人力，觀察的對象無法太多，可能會造成信度不足的問題，這是本書的一大限制。

　　據上述的資料分析結果來論述場域的大致特性以及各場域可用的教學方法，有一個概括性的了解，但並不能推論到特殊情況的場域教學（如親子的寫作教學或個別化寫作教學之類），只能提出一個大致的方向；特殊的場域教學情況需要再依當時所處的場域特性來訂定適合的教學策略，而這已經超出本書的對象範圍了。

第二章　文獻探討

第一節　寫作教學

　　本節主要探討的是寫作教學的觀念與內涵，並針對相關的研究成果進一步探討寫作教學的內容及有效的寫作教學方法，歸納出寫作教學時應注意的基本原則，以作為本書教學活動設計的參考。

一、寫作教學的觀念與內涵

　　傳統的寫作教學模式往往是由老師出題後，就告訴學生各段落該怎麼寫；或者直接讓學生自行寫作，同儕之間缺少共同討論的機會。前者的引導方式容易造成全班學生寫出來的文章、結構、內容、主旨大多是千篇一律，讀起來非常乏味，其主要原因是教學活動約束了學生的思考，妨礙了兒童創作時的「個人風格」。後者由學生自行創作則容易產生的問題是學生的思路無法拓展，內容可能會平淡無趣。此種教學模式，導向結果意圖，缺乏寫作歷程的指導進而忽略學生在寫作過程中的概念發展，由此可看出早期的寫作教學是以「成果導向」為主。

　　在傳統寫作教學顯然忽略學生寫作心理歷程之下,國內外有眾多學者強調寫作教學應該從「寫作過程」著手,由教育心理學的認知取向來檢視寫作過程,在鄭麗玉(2000)《認知與教學》一書中介紹了廣被引用的 Flower 和 Hayes 所提出以認知為導向的寫作歷程模式,此模式的涵蓋面甚廣,包括寫作環境、寫作者的長期記憶及寫作歷程三大部分:

（一）寫作環境

　　指的是寫作者以外的所有事務,包括寫作題目、讀者對象、刺激情境等修辭上的問題,以及到目前為止所寫出來的文章等。這些促使一個人寫作,引導並限制寫作的歷程。

（二）寫作者的長期記憶

　　指的是寫作只貯存於長期記憶中有關題目、讀者、寫作計畫和問題表徵等知識。也包括寫作者的字詞、文法、標點符號和寫作文體等知識。

（三）寫作歷程

　　寫作歷程主要可分為計畫、轉譯和回顧,這三個基本歷程又受監控所控制。「計畫」牽涉到設定目標、產生想法和組織想法等次歷程。寫作可視為一種問題解決,當一個人接到一個寫作作業,就像接到一個問題待解決。為解決問題,寫作者會設定一個或數個目標以「解決問題」。「轉譯」是寫作者將心中文思轉成文字,呈現紙上的歷程。「回顧」則包括評估和修改,檢查寫出的文章是否達到目標。Flower 和 Hayes 強調寫作並不是依計畫到轉譯到回顧直線式

的進行，而是三者交替來回進行。國內學者蔡榮昌（1979）提出寫作的過程可分審題、立意、運材、布局、修辭等五項。陳弘昌（1992）也將寫作劃分成審題、立意、運思、取材、擬定大綱、各自寫作、審閱等七項。由此可知國內外學者所提出的寫作歷程模式，雖然涵蓋面有所差別，但在寫作階段有眾多相似之處，也都在在顯示寫作教學教師的角色發生轉變，轉而重視學生的心理認知歷程；了解學生的寫作歷程，對症下藥，可獲得事半功倍的教學效果。

　　蔡銘津（1991）以實驗研究來探討過程寫作模式教學的效果，研究結果顯示學生在「文字修辭」、「內容思想」、「組織結構」上均有優異於傳統教學的表現，而寫作過程教學方案也受到大多數學童的歡迎和喜愛。趙金婷（1992）以 Flower 和 Hayes 的過程模式實施研究，發現在寫作前應花時間思考整篇文章的布局、架構，寫下大綱；建立目標，引導寫作；寫作中應隨時穿插局部性計畫、回顧、修改的歷程；暫時不考慮字、標點的正確與否；多考慮文章組織結構的問題。寫作後應回顧全文；以內容及結構的完整性作為監控文章結束的標準；此外，教師也應了解學生寫作的歷程；並隨時在寫作過程中協助兒童。寫作歷程中有眾多的小細節都足以構成影響寫作的因素，其中的寫作環境因素，Cooper 認為一般的寫作模式忽略學生寫作時的社會情境，把作者孤立於社會情境外，獨自思考寫作，而 Flower 和 Hayes 的寫作過程重視認知，在社會情境的生態層面僅以寫作環境來涵蓋是不夠的。（引自林盈君，2005）本書所關係到的場域寫作，則希望能進一層顧及到社會情境與寫作的關係，不同的社會環境會影響到教師的寫作教學，進而影響到學生的寫作成果。

二、寫作教學相關的研究與內容

　　寫作一直以來都是教師、學生深感頭痛的問題，所以針對寫作教學的研究相對的也日益增多，無非是希望藉由各種研究來解決寫作教學上的種種問題，也介紹各種多樣有效的教學方法，希望透過各種理論與實證的研究，深耕寫作教學這片園地。以下就針對國內最近十年的寫作教學之相關研究作一整理及分析，藉由林盈君（2005）在其研究論文中所整理相關的寫作教學研究至 2004 年，本書再增補至 2007 年有關寫作教學的研究論文，冀望讓未來的研究者能有更進一步的參考依據：

表 2-1-1　國內近十年寫作教學的相關研究

年代	學校／系所	研究者研究主題	對象場域	研究內容	研究結果與發現
2007	臺北教育大學／語文與創作學系語文教學碩士班	吳惠花資訊科技融入作文教學模式之探究——以某國小五年級為例	五年級學校	探討資訊科技融入作文教學模式、資訊科技融入作文教學之效益、國小學生對資訊科技融入作文教學的接受度。	其所探討的資訊科技融入作文教學，在其效益、學生可接受及認同下，研究者認為資訊科技融入作文教學是可行的。
2007	臺北教育大學／語文與創作學系語文教學碩士班	徐麗玲國小二年級感官作文教學研究	二年級學校	國小二年級感官作文教學以低年級學童好奇心為媒介，感官體驗的活動式教學設計為主軸，教導學生充分應用視覺、聽覺、觸覺、味	低、中、高表現組學生，寫作品質提升、作品字數增加，低表現組進步情形較為顯著，高表現組次之，中表現組較少。感官作文教學提升

				覺、嗅覺收集寫作材料，並運用各項寫作能力，靈巧組合出結構完整之短文。	學生寫作能力的自我認同、提高學生個人抱負水準，增益學生作文學習興趣；提供學生有效寫作策略，能提升中表現與低表現組學生寫作時計畫與回顧能力。
2006	屏東教育大學／教育科技研究所	劉佳玟創造思考作文教學法對國小五年級學童在寫作動機及寫作表現上的影響	五年級學校	探討創造思考作文教學法對增進國小五年級學童寫作動機與寫作表現的效果。	接受創造思考作文教學法的學生在寫作之整體表現，與「內容思想」、「組織架構」、「通則規範」等三個向度的立即後測及追蹤後測的表現皆顯著優於未接受創造思考作文教學法的學生，且寫作能力各別因素上的表現則亦顯著優於未接受創造思考作文教學法的學生。創造思考作文教學方案受到八成以上學生的喜愛，且學生們認為自己的作文比以往更進步了，希望以後的作文課都是以這樣的方式來進行。

2006	新竹教育大學／語文學系碩士班	詹秋雲 自然觀察融入童話寫作教學之研究：以中和國小五年級學童為例	五年級學校	探討自然觀察融入童話寫作教學之實施成效。採取「行動研究法」與質性探討為之。	實地自然觀察以啓發學童的探索及啓發童話創作，觀察寫作內容與學童生活愈密切，學童參與程度愈高，參與討論過程更積極，寫作也愈能發揮材料特性，寫出充實的童話故事內容。
2006	花蓮教育大學／語文科教學碩士班	翁書郁 小組討論融入作文教學實施模式之研究——以花蓮縣明恥國小三年級為例	學校	以小組討論的實施模式融入作文教學當中，以期歸納出一個適合班級學生的作文教學型態。	該研究最主要的目的，是希望能藉由行動研究的歷程，試圖尋求如何將小組討論融入到作文教學當中，並探討在這研究的過程中，教師與學生所產生的影響及轉變。
2006	花蓮教育大學／語文科教學碩士班	張月美 繪本融入限制式寫作教學之行動研究	四年級學校	探討教師運用繪本融入限制式寫作進行寫作教學及寫作教學歷程之省思。	一、繪本閱讀的樂趣可帶動學生寫作興趣。二、繪本是提昇語文程度的理想素材。三、繪本的文本是限制式寫作模式的理想典範。四、繪本的圖像是學生寫作依據的有效鷹架。五、繪本閱讀與寫作教學的銜接是落實「讀寫結合」的有效途徑。

2006	臺北市立教育大學／數學資訊教育研究所	陳淑霞數位化繪本融入國小寫作教學之研究	三年級學校	探討國小教師利用數位化繪本融入寫作教學的實施歷程及其對學童寫作態度與寫作表現之影響。	數位化繪本融入寫作教學後,從質性分析可知學生亦有正向的寫作態度及寫作表現。能提高學生學習成效、學習興趣、成就感、鑑賞能力與資訊素養,而這些發現也將改變教師的教學策略。
2006	臺中教育大學／特殊教育學系碩士班	陳秋妤概念構圖寫作教學對國小四年級寫作困難學生寫作學習效果之研究	四年級學校	探討「概念構圖教學法」對國小四年級寫作困難學生,在記敘文寫作表現之影響。	接受概念構圖寫作教學之實驗組學生,在寫作表現「總分」「文句表達」「內容思想」「組織結構」上,顯著優於控制組學生。而在寫作表現「基本技巧」上,與控制組學生無差異。
2006	臺中教育大學／語文教育學系碩士班	劉素梅國小三年級學童實施故事結構寫作教學之研究	三年級學校	探討故事結構寫作教學對國小三年級學童寫作表現及寫作態度之影響。	一、在寫作表現上之「總分」、「基本技巧」、「文句表達」、「內容思想」、「組織結構」、「創意表現」等方面,兩組間達顯著差異。故事結構寫作教學組顯著優於一般寫作教學組學童的表現。二、在故事結構表現之「總分」、「主旨」、「背

					景」、「主角」、「事情經過」、「主角反應」、「結局」等方面，兩組間達顯著差異。故事結構寫作教學組顯著優於一般寫作教學組學童的表現。
2006	臺北教育大學／語文教育學系碩士班	徐靜儀童話電子書創作教學研究——以某國小五年某班為例	五年級學校	研究者結合童話創作與資訊融入教學的概念，編製一套教學課程，並進入現場實施教學，旨在透過教學活動，激發兒童創意，進而提升兒童童話寫作的能力與興趣	學生學習童話電子書的課程之後，對於童話創作更有信心，也提高了習寫童話的興趣。學生經過學習後，所寫出的童話作品在語句、修辭、題材、人物、情節、創意各方面都有明顯的進步，顯示學生創作童話的能力大大提升。
2005	新竹教育大學／語文教學碩士班	魏伶娟創造思考教學策略應用於童話寫作教學之研究	六年級學校	探討創造思考教學策略應用於童話寫作教學之研究，並了解學生對於在教室中進行創造思考教學及童話寫作的看法，以分析創造思考教學策略應用於童話寫作教學時的成效。	能提高學生寫作童話的動機，學生能盡情的發揮想像力；課程與學生生活經驗結合，引起學生興趣及寫作動機；教師營造自由、開放的寫作環境，允許學生任何的想法及發言。

2005	嘉義大學／國民教育研究所	顏丹鳳資訊科技融入寫作教學——以全語文的觀點為架構	五年級學校	運用資訊科技融入之方式，設計以全語文觀點為架構之寫作教學，並探討學生在教學歷程中之寫作表現及寫作態度之改變情形。	學生對於資訊科技融入的教學方式感到喜愛。在學生的寫作表現上，以「內容思想」方面進步情形最為清楚；「組織結構」方面，以「段落分明」進步較多，「文句通順流暢」進步較少；「通則規範」方面，「運用美詞佳句」進步不多，「錯別字出現的情形」及「標點符號運用情形」有比較多的進步。在學生寫作態度的改變方面，大多數的學生肯定自己的寫作能力有進步，並且在寫作活動中獲得成就感與學習動力。
2005	臺南大學／戲劇研究所	蔡淑菁戲劇策略融入國小六年級寫作教學之行動研究	六年級學校	探討運用戲劇策略融入國小高年級寫作課程之實施現況，及戲劇策略對學生的寫作態度和寫作表現有何影響。	戲劇策略對學童寫作的學習態度有正面的影響，並發現學生的寫作表現有進步。
2005	臺南大學／語文教育學系教	曾惠鈺國小提早寫作教學策略探究	低年級學校	提出並整理出一套有系統且富趣味化的提早寫作教學策略，以供有心致力於	在教學策略方面，以層層遞進的方式，輔以簡易的修辭技巧，一步一步建構起

2005	學碩士班			提早寫作教學工作者參考之用。	實兒童的表達能穩健的寫作根基，充力。並從學習者的角度出發，站在兒童的觀點，配合其學習心理，運用體裁、輔助工具及活動式的教學策略，提升兒童的學習效果。
2005	臺北教育大學／語文教育學系碩士班	文麗芳國小童詩寫作教學研究——以六年級體育班為例	六年級體育班學校	探討創意童詩寫作教學的策略與歷程。	一、課程統整內容應結合兒童生活經驗。二、題型引導讓兒童有效學習童詩寫作。三、童詩題型設計影響學生寫作表現。四、球場練習和比賽經驗是體育班學生寫作童詩常運用的題材。五、運用創思教學策略增進學生寫作能力。六、合作學習與作品發表提高學生寫作動機與學習態度。七、協同研究提昇教師專業成長與研究技能。
2005	高雄師範大學／回流中文碩士班	許家菱電子郵件運用在國小三年級寫作教學	三年級網路	利用電子郵件作為教學資訊的傳遞工具，試著為國小三年級的寫作教學尋找一條教學與學習的	研究發現電子郵件運用在三年級寫作教學上的結論是電子郵件的寫作教學打破時空的限制、創

		之行動研究		新途徑，以彌補在校教學時間不足的缺憾。	生關係，提供其他小新教學模式、改變師學老師一條新的寫作教學途徑。
2005	高雄師範大學／教育學系	陳翠梅國民小學實施「閱讀——寫作——手工書」課程統整教學之行動研究——以一個中年級班級為對象	中年級學校	探討在學校本位課程實施要求下，班級導師如何整合學校本位課程活動，以融入式統整的方式實施教學，以期達到有意義的學習，學生能快樂學習。	「閱讀——寫作——手工書」統整課程內容多元化，形式和類別多樣化吸引學生有興趣的學習。從同儕支援到共同成長，建立良好的夥伴關係，促進同儕人際關係和諧，學生快樂學習，師生共教相長。
2005	新竹教育大學／人資處語文教學碩士班	吳丹寧國小議論文寫作教學之探討與實踐—以臺中縣一所國小高年級為例	五年級學校	探討議論文寫作與教學之相關知能後，透過與團隊夥伴對話、激盪、省思，以及專家學者的協助、回饋，建構國小高年級議論文寫作教學方案。	教師應先了解「議論文」的本質與教學內涵，從提升學生批判思考力著手，選擇真實、適當議題，增加學生對議題的敏感度讓學生對議題感動，運用有效的討論策略，善用迷你課程或遊戲方式增強學生敘事、論證、架構等不足之能力。並能體察教學失敗的意義並揉合創造性的想法，是教學實踐、成長的新轉機。

2004	臺南大學／教育學系課程與教學碩士班	楊素花國小六年級寫作教學運用創造思考教學策略之行動研究	六年級學校	透過創造思考教學策略之運用,設計出適合在班上實施之創造思考寫作教學方案,以解決學生在記敘文「寫人」及「敘事」方面的「語詞誤用、句型不夠豐富、內容貧乏、陳腔濫調」的問題。	學生在記敘文「寫人」方面,能具體描寫人物外貌的特徵與動作,使寫作內容變得較為豐富、獨特而多元。學生在記敘文「敘事」方面因摹寫、譬喻修辭的運用,使得文句較為生動而精采;同時,配合遊戲與組合作文之活動,也使敘事內容較具體、句型有變化。
2004	花蓮師範學院／語文科教學碩士班	黃秀莉國民小學限制式寫作之行動研究	六年級學校	探討國民小學教師如何運用限制式寫作進行寫作教學及限制式寫作教學的實施成效。	限制式寫作可透過寫作過程中的計畫,幫助學生提升寫作能力。
2004	臺灣師範大學／特殊教育學系在職進修碩士學位班	陳淑娟心智繪圖融入國小低年級寫作教學之行動研究	二年級學校	探討心智繪圖融入低年級寫作教學之實施歷程。	心智繪圖可活潑融入課程設計當中,對於寫作教學頗有幫助,能提升兒童寫作的興趣,對於教學者亦較能充分備課。
2004	新竹教育大學／進修	施並宏情境教學論在國小	三年級學校	探討「情境教學論」應用於國小語文領域作文教學的可行	情境教學作文課程對學生語文表達能力及學習滿意度皆

	部語文教學碩士班	作文教學的實踐與省思——以竹北市光明國小三年級為例		性及侷限性,以及在教學過程中可能面臨的問題與解決對策。	有明顯的提升。情境教學作文課程對國小教師從事作文教學,可提供一套科學性的系統訓練方法。
2004	銘傳大學／應用中國文學系碩士班	林金慧國小低年級編序式寫作教學研究——以平安國小為對象	一年級二年級學校	編擬一套由簡而難有計畫、有次序性的低年級寫作教學教材,進行寫作教學實驗。	編序式寫作教學有助於教師推行寫作教學,但良好的編序式寫作教材不易設計。
2003	臺中師範學院／語文教育學系碩士班	蔡佩欣創思寫作教學對國小低年級學童寫作能力影響之研究	二年級學校	探討創思寫作教學對國小低年級學童寫作能力的影響。	創思寫作教學對學生寫作確實有實質的幫助。能激發學生學習的興趣,有助學生的文意層次中的想像力。
2003	臺灣師範大學／教育心理與輔導研究所	林宜利「整合繪本與概念構圖之寫作教學方案」對國小三年級學童記敘文寫作表現之影響	三年級學校	探討「整合繪本與概念構圖之寫作教學方案」應用在國小三年級記敘文寫作教學的成效。	接受「整合繪本與概念構圖之寫作教學方案」的實驗組學童,記敘文寫作表現優於一般寫作教學。

2003	彰化師範大學／特殊教育研究所	劉明松結構性過程取向寫作教學對國小作文低成就學生作學習效果之研究	五年級學校	探討結構性過程取向的寫作教學對國小作文低成就學生在寫作力、寫作歷程認知、寫作態度及作文品質等方面的影響。	採用結構性過程取向的寫作教學的學童，在寫作能力上的編修能力有差異；寫作態度較抱持正向；寫作歷程認知上表現較優；在作文品質的效果方面則是個別有差異性存在。
2003	臺北市立師範學院／國民教育研究所	連淑鈴電腦看圖故事寫作對國小二年級學童寫作成效及寫作態度影響之研究	二年級學校	主要在運用電腦看圖故事寫作及寫作歷程導向與故事文法的教學策略，探討對其學生故事寫作成效及寫作態度之影響。	電腦看圖故事寫作組優於傳統寫作組，在「基本技巧」方面顯著優於紙筆看圖故事寫作組。紙筆看圖故事寫作組顯著優於傳統寫作組。總字數方面，紙筆看圖故事寫作組字數最多，傳統寫作組次之，電腦看圖寫作組最少，學生寫作態度：電腦看圖故事寫作組表現顯著優於紙筆看圖故事寫作組與傳統寫作組。
2003	嘉義大學／國民教育研究所	馮瓊瑤國小四年級學童實施概念構圖作文教學研究	四年級學校	探討概念構圖作文教學對國小四年級學童寫作表現之影響，以前後測實驗設計方法進行研究。	在寫作表現上的「總分、內容、思想、組織結構」等方面，兩組間達顯著差異，概念構圖作文教學組顯著優於一般寫作教學組學童的表現。

2003	嘉義大學／教育科技研究所	林郁展概念構圖在國小「過程導向」寫作教學的應用研究	五年級學校	主要目的在「過程導向」寫作教學中，協助學生利用概念構圖來幫助「說明文」寫作過程的「構思內容」和「組織內容」探討概念構圖應用在「過程導向」寫作教學活動對學生在寫作過程「構思內容」和「組織內容」方面的成效。	使用概念構圖輔助寫作教學。學生的作文成績在「構思內容」和「組織內容」方面的分數高於不使用時。使用概念構圖輔助寫作教學，對學生寫作成績的「構思內容」和「組織內容」方面的影響。在使用概念構圖輔助寫作教學時，並沒有顯著成效。
2003	臺中師範學院／語文教育學系碩士班	陳宜貞「創造思考教學法」應用於國小六年級作文課程的教學研究	六年級學校	研究創思作文教學歷程中師生教與學的互動情形、教學中的種種影響因素與教學後的成果呈現，並探討創思作文教學方法在國小六年級作文教學上的適用性。	學生經過創思作文教學實施後，其寫作的意願大幅提升，寫作能力也逐漸增長中，但創思作文教學仍面臨在教師教學與學生學習部分的一些困難。
2003	高雄師範大學／國文教學碩士班	丁鼎材料作文教學研究	國中、高中教材	針對材料作文教學的內涵進行研究與說明，並探究材料作文對語文教學的影響，以及提出材料作文教學的原則。	材料作文是一種提供相關資料做為提示、導引、或限制、規範，要求學生依照所提供的相關資料寫作的一種作文型式。因此它必須附帶一些給學生提示、引導、限制、或加工的相關文字、圖片等材

					料,做為寫作要件的作文型式。,在性質、長短、文體內容等條件的變化很大,因此在教學時在文體的分類上仍頗為分歧,本文參酌多方資料,依文體整合成轉換、說明、敘述、議論、圖表五大類,包含廿四種類型的材料作文,學生如能熟悉這些類型的變化並進而變化出新,依循正確的審題、鍊旨、立意……等方法下筆,就能寫出好文章來。
2003	嘉義大學／國民教育研究所	林宜龍國小語文領域創造思考寫作教學之研究──一個教學視導人員行動研究	教師學校	一位教學視導人員,運用校內教師社群的建立,改善校內語文創造思考寫作教學現況。	教學視導人員對協助教師進行教師專業成長、國小語文領域創造思考教學有助益。
2002	嘉義大學／國民教育研究所	曾瑞雲國小三年級實施看圖作文教	三年級學校	從國小二年級看圖說話及看圖寫短文的基礎上,延伸到看圖寫作一篇完整的	看圖作文教學能使學童自主寫作提高,寫作能力中下之學童則較不易寫作,

		學之行動研究		文章，藉由看圖作文有計劃的教材設計下，探討三年級學童在輕鬆中學習作文的基本概念與技巧，能否提升學童作文的基本能力與寫作興趣。	寫作作品受圖片影響亦較少，而在學童創造力與想像力方面均有較大的發揮空間，看圖作文教學較適合寫作能力較佳的學童。
2002	臺北師範學院／特殊教育學系碩士班	連虹雲群集策略用於國小學生寫作教學之實施歷程	低年級學校	探討群集（clustering）策略用於國小學生寫作教學之實施歷程。主要焦點在於教師的專業成長。	在研究結果與發現方面，寫出對群集策略發展出的理解與運用；在群集策略教與學的體驗中寫出了和學生對群集策略的感受、看法、意見；在「我的專業成長」則寫出了群集策略寫作教學帶給研究者的意義。
2002	嘉義大學／國民教育研究所	黃郁婷國小六年級學生運用網路寫作系統之個案分析	六年級網路	依據「網路寫作系統」的發展目的與理念的寫作理論而設計，其目的在於利用網際網路提供學生一個公開發表文章與同儕相互回饋的環境，研究主要是探討此系統在一個國小六年級的班級中的實施狀況。	針對本網路寫作系統的「螢幕視覺設計」、「使用介面」與「系統功能」等三方面提出一些加強與修正的建議。教師認為實施網路寫作可提供學生發表、觀摩文章與相互回饋的環境，但在執行上發現學生較缺乏網路著作權與網路倫理的觀念。

2002	屏東師範學院／國民教育研究所	周文君「多元智能統整—合作—反省思考」寫作教學對國小學童寫作態度與寫作表之影響	四年級學校	探討「多元智能統整—合作—反省思考」寫作教學對國小四年級學童寫作態度與寫作表現之影響。	「多元智能統整—合作—反省思考」寫作教學對國小四年級學童「寫作態度」總分及「寫作動機」、「合作學習」、「反省思考」三分項有顯著影響，實驗組顯著高於控制組，學童是持有正向的寫作態度。對國小四年級學童「寫作表現」總分及「內容思想」、「組織結構」、「通則規範」三分項有顯著影響，實驗組顯著也高於控制組，學童也持有正向的寫作表現。
2002	屏東師範學院／國民教育研究所	王淑貞感官觀察活動與過程導向寫作教學對學童寫作表現與態度之比較研究	四年級學校	探究比較感官觀察活動寫作教學法與過程導向寫作教學法在國小學童寫作表現的差異情形，以及比較感官觀察活動寫作教學法與過程導向寫作教學法對國小學童作文態度的差異情形。	感官觀察活動寫作教學組與過程導向寫作教學組在作文表現上之前測及後測的總分、思想內容及組織結構方面均有顯著差異，但在文法修辭方面，後者未發現顯著差異。兩組在作文表現上之總分、文字修辭、思想內容以及在「寫作態度量表」的表現上，均未有顯著差異。

2002	臺北市立師範學院／國民教育研究所	張純國小學童寫作教與學的歷程研究	六年級教師學校	主要在了解一名國小六年級教師的寫作教學,以及探討學習者的寫作表現,並了解寫作教學間,師生互動的情形。	該研究發現主要有三大方向:一、寫作教學二、學習者寫作表現三、影響教師寫作教學計畫的因素四、影響學生寫作表現的因素基於上述發現,該研究針對未來研究提出建議,作為現場教師與未來研究者的參考。
2002	臺北師範學院／課程與教學研究所	陳怡靜國小低年級實施視覺空間智慧取向寫作教學之行動研究	二年級學校	透過協同行動研究之模式,發展與設計適合青青國小二年級學生的視覺空間智慧取向的寫作教學策略,以幫助低年級學生學習運用視覺空間智慧作為寫作策略,並促使低年級學生能常式多種文體的寫作。	視覺空間智慧取向寫作策略有以下優點,能輔助低年級學生設計文章大綱、寫作材料的收集、幫助想法聚焦、檢視前文重點、歸納想法等等,透過視覺化的學習方式,使團體討論與思考流程更為清楚地呈現。其限制在於低年級學生需要達到活用圖表的相當程度才有能力擺脫其限制性。
2002	屏東師範學院／國民教育研究所	曾慧禎國小六年級學童在寫作歷程中後設認	六年級學校	透過對不同寫作能力學童的比較,以了解國小六年級學童在寫作歷程中的後設認知行為。	該研究的主要發現如下:一、不同寫作能力學生在計畫階段的後設認知行為二、不同寫作能力學

		知行為之研究			生在轉譯階段的後設認知行為三、不同寫作能力學生在回顧階段的後設認知行為最後，根據研究結果提出具體建議，以作為國小作文教學及未來研究的參考。
2001	嘉義大學／國民教育研究所	蔡蕙珊國小一年級學童寫作形式之個案研究	一年級學校	採讀寫萌發的觀點，探討國小一年級學童寫作的形式。	書寫程度較成熟的一年級學童在符號方面會偏向以文字、圖繪表意；在篇章方面有較多敘事性篇章的形式。而在一年級學童的寫作當中，「重覆」是一個相當重要的寫作策略。
2001	花蓮師範學院／國民教育研究所	許文章故事圖教學對國小六年級學生記敘文寫作表現與組織能力之研究	六年級學校	探討故事圖教學對國小六年級學童記敘文寫作表現與組織能力的影響。	故事圖教學與一般寫作教學對國小六年級學童的寫作表現確實有顯著影響；對國小六年級學童的組織能力並不會造成顯著影響。實驗組學童的「寫作表現」與「組織能力」之間並無關聯。
2000	臺北師範學院	陳宇詮引導兒童	五年級學校	針對一班五年級四十二位學生為研究	歸納兒童的作文態度、兒童作文表現、

	／課程與教學研究所	作文教學之探究——自修辭的角度切入		對象，以教學行動研究「研究－實踐」模式進行，來探究兒童作文教學。	作文教材與教學等等方面的研究，確實藉由修辭現象的認知與運用，可使兒童作文更為生動活潑。
2000	嘉義大學／國民教育研究所	柯志忠社會互動寫作教學方法對國小高年級學童寫作品質及寫作態度影響之研究	六年級學校	研究以準實驗不等組前後測設計實驗方法進行研究，採原班級實驗教學方式，將一國小六年級原三個班級，採隨機分派二班為實驗組，進行社會互動寫作教學，一班為師生互動小組寫作教學，一班為同儕互動小組寫作教學，一班為對照組，進行一般寫作教學，三組學童進行實驗教學。	社會互動的寫作教學對學童的寫作品質「整體」、「組織結構」、「基本技巧」上均有成效；對於學童的整體的寫作態度，有促進的成效，認為「寫作是種分享活動」。
1998	臺北師範學院／國民教育研究所	葉雪枝後設認知寫作策略對國小四年級記敘文寫作能力提昇之影響研究	四年級學校	以「後設認知寫作學習單」提示寫作策略，來看四年級學生在寫作學習單的輔助下，是否能提昇寫作能力？以及學生在寫作計畫、監控及修改能力的改變情形？並探討不同寫作能力的學生寫作的改變狀況。	後設認知寫作策略對受試者的寫作能力並無顯著影響；影響學生寫作修改數量的多寡，主要在於是否給予學生充足的寫作時間。另外，學習單對不同寫作能力的學生在寫作成績上並無顯著影響，但是在寫作計畫

					中「組織想法」、「篩選資料」及「設定目標」對學生寫作的影響較大。
1998	臺灣師範大學／教育心理與輔導研究所	陳鳳如閱讀與寫作整合的寫作歷程模式驗證及其教學效果之研究	國中二年級學校	（一）探討閱讀與寫作整合的寫作歷程完整模式之適切性，並進一步比較不同寫作能力者在寫作歷程上之讀者角色功能的差異；（二）從完整模式建構寫作歷程的精簡模式，並以實徵資料來驗證此一精簡模式的適配度；（三）依據本書所建構的閱讀與寫作整合的寫作歷程模式，設計閱讀與寫作整合的教學，並考驗此教學的實驗效果，進一步分析教學成效是否因先前寫作能力不同而有差異存在。	「閱讀與寫作整合的教學」對高、低寫作能力者的寫作表現（包括寫作品質、寫作創意與寫作內容觀點）均具有增進效果，且低寫作能力者的增進效果更為突顯。隨著教學次數的增加，其增進效果愈形顯著。然在寫作情感上，則未見顯著的增進效果。
1997	彰化師範大學／特殊教育學系	侯秋玲國語實驗教材實驗班與普通班學生寫作與修改	四年級學校	探討使用國語實驗教材的學生與使用國編本教材的學生寫作與修改表現的差異。	在寫作表現上，使用國語實驗教材的學生整體的作文總分顯著高於使用國編本教材的學生；在修改表現上，統計結果

年					
		表現之比較研究			雖顯示兩班學生修改作文的進步幅度及「寫作修改能力測驗」的成績都沒有顯著差異,但兩班實際運用修改的技巧差異頗大。
1997	國立師範大學／教育心理與輔導學系	紀淑琴「思考性寫作教學方案」對國中生寫作能力、後設認知、批判思考及創造思考影響之研究	國中一年級學校	探討「思考性寫作教學方案」對國中生寫作表現、後設認知能力、批判思考、創造思考能力之影響,並分析學生的寫作歷程。	實驗組學生在寫作表現、批判思考能力、創造思考能力的表現高於控制組學生;思考性寫作教學方案對於實驗組學生的寫作表現中的內容思想、組織結構有明顯的效果,但在文字修辭部份則差異不顯著。從學生寫作過程的分析發現,思考性寫作教學有助於學生寫作能力的提升。
1997	臺南師範學院／國民教育研究所	林秋先國小網路寫作教學之研究	六年級學校、網路	本書主要目的是要比較傳統寫作組和網路寫作組學生寫作成效和寫作態度之差異性,及了解透過電腦網路寫作學生的寫作成效、寫作態度和電腦網路態度,並探討老師對	研究結論有:傳統寫作組和網路寫作組學生的寫作成效並沒有顯著的差異、網路寫作組學生的寫作成效確實有顯著的進步、網路寫作組學生對電腦網路態度基本上是積極且

				網路寫作教學、學生對網路寫作學習的看法,及網路寫作過程中師生或學生與學生之間的互動情形。	肯定的、老師對網路寫作教學提出無法掌握學生學習情況、網路不穩定及學校活動太多等困難點、老師與學生的互動性較低等發現。
1996	花蓮師範學院／國民教育研究所	姜淑玲「對話式寫作教學法」對國小學童寫作策略運用與寫作表現之影響	五年級學校	探討「對話式寫作教學法」的教學效果。	「對話式寫作教學法」有助於兒童的寫作表現。

　　根據上列的國內寫作教學相關的研究論文,可歸納出國內在寫作教學的研究上以實證研究及行動研究居多,大多探討不同的教學法在學校班級實施後對學生的寫作態度、寫作表現及寫作興趣的影響,可惜的是多半的研究場域以學校課室為主,只有部分將場域移至網路上的寫作,本書所要加入的非制式場域及補教場域,在眾多研究中是缺乏的。

　　綜觀國內的研究成果,學者肯定各種教學策略、教學方法、教學取向的運用。其中小學課堂中多文本的運用已日漸普遍,例如:繪本、童話、詩集、小說、戲劇、電影等,靈活運用多文本,再搭配活潑有效的教學方法,較以往更重視多元的學習形式,由研究成果可歸納出有效的寫作教學方法及教學模式有:

（一）多媒材寫作教學

　　隨著電腦科技的日新月異，豐富多元的媒體資訊，結合圖畫書、圖片（看圖作文），資訊科技融入寫作教學經各研究證明（吳惠花，2007；陳淑霞，2006；徐靜儀，2006；顏丹鳳，2005；許家菱，2005；連淑鈴，2003），確實能達到提升教學品質與學習成效的目的。另外，配合各種不同的活動，寫作都有不同的風貌，在美勞方面有小書的製作（陳翠梅，2005），「閱讀－寫作－手工書」）統整課程內容多元化，形式和類別多樣化吸引學生有興趣的學習。在肢體表達方面，戲劇融入寫作教學（甄曉蘭，2005；蔡淑菁，2005），讓學生透過肢體、戲劇表達心中的情感，進而將其轉化為文字。由此可看出各式媒材運用在寫作教學的豐富呈現。

（二）感官寫作教學法

　　對小朋友來說，作文的基礎在敏銳的感受力，也就是要善用視、聽、嗅、味、觸五種感官。而它的重要性，必須要自己體會出來，才能深刻。（孫晴峰，1999）用耳聽、鼻聞、舌嘗、身體接觸，這些感官的經驗都能豐富文章的內容。這些經驗、材料傳給大腦，再加以思考、整理，形成一篇篇的文章。（羅肇錦，1996）感官並用法是教師在實施創造性教學時，引導學生使用其五官（視、聽、嗅、味覺及觸覺），去體驗生活周遭的多種事物，並把這種感受具體的描述出來，以激發學生創作的泉源。（林建平，1997）這個教學法在國內寫作教學運用極廣，且已有一些實徵研究證實此法確有利於增進學生的寫作能力及寫作興趣。（孫晴峰，1999；蔡雅泰，1995；王淑貞，2002；詹秋雲；2006；徐麗玲，2007）

（三）創造思考寫作教學法

　　陳龍安（2006）認為：創造思考教學是為培養學生創造思考能力的教學，教師於教學時，以學生為主體，提供支持性的環境，配合創造思考策略，激發學習興趣，令學生有表達己見、容多納異、相互激盪想法的機會，以啟發創造思考。鄭福海（2003）歸納各家言論提出創造思考教學是教師利用合宜的教學策略和技巧，激發、培養學生的敏覺、流暢、變通、獨創及精密的創造力，在跟學生的互動過程中也能享受到創造思考教學的樂趣。簡單來說，創造思考教學的意義是指教師根據創造力發展的原理，在教學過程中採取各教學方法或策略，啟發或增進學生創造力、想像力為目標的一種歷程。

　　至於創造思考寫作教學法，指的是將創造思考教學法應用於寫作教學上。寫作是一種以文字表現內心思想情感的過程，由於每個人的想法、情緒不盡相同，寫出來的文章也不一樣，所以寫作可說是最富有創造魅力的新產品。（林建平，1996）而啟發兒童創造思考能力的寫作，則可以透過教學活動設計激發他們的好奇心、發明心、想像力去完成。

（四）過程導向寫作教學法

　　此教學法乃是強調寫作過程的指導，學生為中心，教師則是在寫作過程中引導學生進行寫作。過程導向的寫作模式大體而言可分為兩種教學結構，分別為自然過程教學法以及結構過程教學法。自然過程法指的是寫作活動由學生支配、主動發起，並按照自己的速度進行。寫作題目及寫作形式均由學生自行決定。結構性過程法的

寫作活動由師生共同責任分擔。由教師選擇題材、設計教學活動。二者均強調小組共同討論、分享、同儕回饋、修改與重寫。（張新仁，1994）以此為概念，國內學者劉明松（2003）於研究中發現採用結構性過程取向的寫作教學，在寫作能力上與編修能力有差異；寫作態度較抱持正向；寫作歷程認知上表現較優。另外，「寫作的認知策略教學」（CSIW），便是針對這樣的概念。劉明松（2001）在〈寫作認知策略教學（CSIW）對國小學童寫作品質影響之研究〉中，提出寫作認知策略教學對國小學童的寫作品質或表現有增進效果，在有關寫作的用字遣詞、內容豐富及架構一篇較好文章的能力都有所進步。另外，「對話式寫作教學法」（姜淑玲，1996）、「小組討論教學法」（翁書郁，2006），特別著重寫作時溝通討論的過程對話，強調師生對話、同儕對話、討論、自我對話，使學童具備自我監控的能力。

（五）讀寫結合的寫作鷹架教學法

　　李玉貴（2006）〈解構現行課文教學的呼籲與實踐〉中指出：從兒童喜愛的故事開始，借重並引發兒童相關讀寫先備知識，暖化讀寫活動，透過真實讀寫、師生放聲思考示範讀寫策略、同儕合作與討論、參觀與體驗活動、閱讀大量相關文本並建構文本可能意義，以概念圖組織讀寫內容，保留寫作命題彈性空間，在寫作鷹架的協助與引導下，讓學生從願意寫、樂意寫、覺得寫作不難，到樂於寫、樂在寫、樂於一寫再寫。陳鳳如（1998）曾進行「閱讀與寫作整合的寫作歷程模式驗證及其教學效果之研究」，研究結果指出「閱讀與寫作整合的教學」對高、低寫作能力者的寫作表現（包括寫作品質、寫作創意與寫作內容觀點）均具有增進效果，且低寫作

能力者的增進效果更為凸顯。隨著教學次數的增加，其增進效果愈形顯著。然而在寫作情感上，則未見顯著的增進效果。另外，有多位研究者以概念構圖或故事圖的方式（陳秋好，2006；劉素梅，2006；林宜利，2003；馮瓊瑤，2003；林郁展，2003；許文章，2001），協助學生寫作時內容思想的組織與表達。以劉素梅（2006）的「國小三年級學童實施故事結構寫作教學之研究」來說，研究結果發現，以概念構圖或故事圖的方式實施教學，學生的表現在「文句表達」、「內容思想」、「組織結構」、「創意表現」等方面，有明顯的進步。在故事結構表現的「總分」、「主旨」、「背景」、「主角」、「事情經過」、「主角反應」、「結局」等方面，兩組間有顯著差異：故事結構寫作教學組學童顯著優於一般寫作教學組學童的表現。

　　由以上的研究分析可得出，實施寫作教學，除了要有適當、有效的教學方法之外，仍須注意寫作教學時的基本原則，如陳弘昌（1992）所提出的寫作原則如下：

（一）要讓學生對作文感到興趣

　　要提高學生寫作的興趣，需精研教材，並活用教法，啟引思路，如「提前寫作、看圖、改寫、實務討論、實地觀察、寫日記、動態描寫、聽寫、仿作、創作……」等，都是多元而生動活潑的教學方式。

（二）要對作文教材和教法全盤規畫，循序指導

　　作文教學有階梯性，小學生從低年級到高年級身心差距很大，教學時需根據其發展的特點，進行適當的訓練。國小低年級的作文，有幾個教學要點：首先是「以語入文」，要求學生先說再寫；其次是重視單元組織，作文與讀書密切配合，以配合所學的字、詞、

句；再則是採開放式命題；最後是配合季節、時令、活動，就地取材，透過大量閱讀，擴充生活經驗，化為寫作素材。高年級因應九年一貫課程及能力的發展，適合的作文教學法可有：編序作文、情境作文、改寫作文、閱讀作文、剪貼作文、提示作文、引導作文以及成語作文。

（三）從口述到筆述，透過說話訓練作文

　　說話和作文都是表達情意的方法，語言是有聲的作文，作文是無聲的語言。二者是相輔相成的。說話能力強的學生，他的作文程度也往往較高。因此，作文訓練應先從說話入手。

（四）補充學生經驗，發展學生思維

　　學生經驗因生活範圍小，通常貧乏得很，要補救這項缺憾，需指導「大量閱讀」課外讀物，吸收「間接的生活經驗」；再配合有計畫的校外教學活動，來充實「直接的生活經驗」。而思維就是把以往從經驗中獲知的事，加以分析組織；或根據舊經驗推論，以求解決問題。

（五）了解學生作文的缺點，隨機進行補救教學

　　針對學生寫作上的缺點，教師需隨機進行補救教學。

（六）作文教材需依據國語科教學的單元核心設計

　　學生在學習作文時，最迫切需要的，不是空泛的作文理論，而是具體簡明的實例。

（七）適應個別差異，作文須有不同要求

　　為適應個別差異，教師應擬定不同的階段目標，在作業上對不同的學生，作不同的要求。

　　綜合上述的各家學者對於寫作教學的論述，可以得知寫作教學無論是在教學模式、教材編撰、教學過程與教學方法、教學場域上，都有我們可以去探討的空間。

第二節　創造性寫作

一、創造性寫作的意義

　　在探討創造性寫作的意義之前，我們必須先了解何謂「創造」？「創造」的意義各家學者的看法不盡相同。國外學者恩田彰曾對創造下定義：「創造就是把已知的材料重新組合，產出新的事物或思想。」（陸祖昆譯，1988：91）國內學者彭震球（1991：60）的看法定義與恩田彰大致相同，認為「創造就是創造者依其個人的才能將既有的素材，加以重新組合之意。」強調創造並非無中生有，憑空而來的。任何創造活動，必須依據個人之能力、過去的經驗，藉著客觀條件，將個人內在的潛力，經由觸發、交會、組合、融貫等思考程序而表露出來的。提出與上述二者看法較為不相同的有陳龍安、朱湘吉（1993），他們認為創造是一種「無中生有」的創新，也是「有中生新」的「推陳出新」。創造是一種能力；包括敏覺力、流暢力、變通力、獨創力及精進力。並透過思考的歷程，對於事物產生分歧性的觀點，賦予事物獨特新穎的意義。周慶華（2004b：

2）也指出「創造」一詞原為有神論所使用，指上帝由空無中造成事物；後來轉用為一般使某些事物中產生一種原來沒有的新東西的行動。王溢嘉（2005：242）提出自從人類有了文明後，百分之九十九的創造都不是無中生有，而是過去的創造交會的結果。所有的創造其實都是「再創造」，只是我們不知道它的源頭而已。因此，創造性的寫作大抵上是指顯現局部差異的寫作。（周慶華，2004b：4）

簡單來說，創造是一種問題解決的過程，運用各種獨特新穎的方法來解決問題或創造新事物的種種能力。寫作的歷程，也可說是解決問題的歷程，如何寫？如何組合舊有知識及生活經驗？或如何發揮創造力想出與眾不同的解決策略？兒童的生活經驗有限，但我發現活力、好奇是孩子天生的雙眼，想像力、創造力是他們天賦的翅膀，孩子像天使，沒有不會飛的。但孩子在社會速成壓力、套裝知識的影響下，往往遺失自己的雙眼和翅膀，只有經過專業的引導，他們才找到那份天賦，重新飛翔起來，找回自己的藍天。

基於此，國內外眾多學者均提出「創造性寫作」的教學方法，透過寫作的想像力，來激發孩子的創造力。Poole 在《透過課程的創造力》一書中，就提出使用文字寫作以促進創造力的教學方法。如：透過口頭方式創造故事，然後將故事內容製成錄音帶，供作打字成為閱讀材料，學生可將作品給父母、師長、同學、兄弟分享。此方法包括說、寫、閱讀的創造活動，在作文課中實施是相當生動活潑的。（引自林建平，1985）

二、創造性寫作教學

「創造性寫作教學」，指的是教師設計使用各種良善的教學法，安排教學情境，來啟發兒童潛存的能力，以為培養兒童的創造力，所實施的教學活動。以期學生能經常運用思考，養成自由活潑的生活態度，向上進取的能力，足以適應多變的社會環境。（林亨泰、彭震球，1978）

周慶華（2004b）提出為什麼要從事創造性寫作教學的原因，從寫作主體「需要成就」、客觀環境有「高標要求」和整體文化的「理想籲請」等立場出發，創造性寫作可以由自己「自鑄偉貌」，也可以由他人引導而「及時趕上」或「變通突進」。如果是自己能夠「自鑄偉貌」的，大抵上就沒有創造性寫作教學的必要性；如果是要由他人引導才知道「及時趕上」或「變通突進」的，那麼創造性寫作教學就非有不可了。因此，創造性寫作教學就是專為後者而發的。因應時代需求，處處講求創意，寫作也不例外的漸漸講求創造性的寫作。現今的學生大部分屬於後者，需要教師有效的引導，將潛藏於內心的創意引發出來。創造性寫作沒有固定格式，而是透過互動讓孩童發揮想像力，如果製作一篇文章，格式、形容詞都是固定套裝，就缺乏創意，那麼有效的創造性寫作教學就扮演著相當重要的角色。

綜觀國內的研究成果，首推以創造思考教學理論為主的教學模式，為國內研究者最為常用。（蔡雅泰，1995；鐘玄惠，2001；盧金漳，2001；江之中，2002；鄭福海，2003；蔡佩欣，2003；陳宜貞，2003；林宜龍，2003；魏伶娟，2005；陳自培，2005；賴麗雯，2005；劉佳玟，2006）其中蔡佩欣《創思寫作教學對國小低年級學

童寫作能力影響之研究》、林宜龍《國小語文領域創造思考寫作教學之研究──一個教學視導人員行動研究》都提到兒童的寫作能力和創造力有密切的關係，而教師倘若能提供多樣的感官刺激的媒材、讓學生有機會互相討論、分享，將有助於寫作內容豐富化；而陳宜貞《創造思考教學法應用於國小六年級作文課程的教學研究》結論中提到，學生經過創思作文教學實施後，其寫作的意願大幅提升，寫作能力也逐漸增長中，靈活多樣的教學策略，給予學生適當而充足的創造引導素材，其研究結果顯示，有計畫、有目的創思寫作教學，如能妥當的設計實施，在國小的作文課程中是可行且有效的。但創思作文教學仍面臨著一些困難，如教師需自編教材，因為教師忙於日常的級務和其他教學，要自修、自編教材有一定的難度。

　　上述的研究，所採用的創造性寫作教學法，絕大部分以林建平（1997）所提出的創造思考寫作教學法為主，計有十九種教學法：角色想像法、幽默趣譚法、強力組合法、團體接力法、照樣造句法、類推比喻法、感官並用法、概念具體法、虛構情節法、旁敲側擊法、圖片聯想法、語文遊戲法、創意標題法、文章改寫法、假設想像法、巧思奇想法、問題解決法、激發探索法、超越時空法。也據於此，研究創造思考教學者眾多，運用於寫作上的有效教學法提出者並不多，這部分成了本書努力的方向。

三、實施創造性寫作教學的原則

　　教師在實施創造性寫作教學時，應首重寫作教學時的氣氛營造，讓學生處於安全發言的狀態，創思才會源源不絕。陳龍安（2006）綜合各家創造思考的原則，茲將適用於創造性寫作教學的部分列出如下：

1. 提供多元開放的支持性環境。
2. 累積知識基礎，以利推陳出新。
3. 活動具體可行活潑有趣，將創意與生活結合，增強解決問題的能力。
4. 團隊合作學習，異質創意交流。
5. 結合家庭社會資源，配合多元智慧發展。
6. 採用多元評量，莫讓創意溜走。
7. 開創新意，兼顧創意倫理。
8. 強化教師的教學反思及學生的後設認知。

彭震球（1991）《創造性教學之實踐》一書中也提及創造性教學與寫作的關係，實施教學時應注意：

（一）了解兒童寫作的心理

關於此方面，提及王萬清經由實際訪問的資料，提出假設性質的兒童寫作歷程，將兒童寫作歷程分為三個階段：第一階段是「形成期」，包含創作的動機及驅力、觀察、體驗；此時教師的角色是「引導者」，不應介入太多，以免扼殺了孩子的創意思考；第二階段是「創作期」，從記憶中索取檔案，再加以組合、修正；第三階段是「回饋期」，包含發表及獲得肯定，增強創作的動機；此時教師的角色是「欣賞者」。

（二）先給予想像的自由，再求合理的解釋

給學生自由，使他們的心靈可以馳騁而無礙，鼓勵他們創造、創新，但在自由想像方面，還必須兼顧合乎常理的想像。

（三）運用陳述法，開發兒童的「故事領域」

　　這種說故事式的寫作訓練，兒童的想像世界裡有著說不完的故事，教師如果善於誘導的話，不但可以滿足小小心靈的發表慾，也可因而激發他們的創造潛力。

（四）以同情的態度，激發兒童的想像

　　同情他們所創造的幻想世界，不作取笑的動作，不讓兒童的精神受到不必要的干擾。

（五）提供發揮兒童想像力的寫作情境

　　教師可運用各種教學媒體，來刺激學生的感官經驗，進而引發他們的想像力進行活動。

　　歸納上述的教學原則，實施創造性寫作教學應根據學生的身心發展來設計適合的教材教法；一個有效的創造性寫作教學，也必須在實現寫作教學目標下並且能夠提升學生的學習興趣及學習成效，提供一個安全發言的情境，並注意到不同教學法與不同教學媒體的適時運用，相信一定能大大的增加教學的成效。

第三節　場域課題

　　研究場域相關課題中，首推法國的社會學家 Bourdieu，他所提出的場域概念是探討行動主體與結構之間關係的工具，也是貫穿其理論的核心概念之一。為了能更加認識「場域」，以下分成幾個部分來闡述說明：

一、場域的意義與概念

　　場域理論是建基在「我們的社會是處於一個逐漸分化的過程」
這一事實之上。社會演化的趨勢是出現因社會分工而產生的世界、
領域、場域。不同生產組織下的技術分工,社會分工涵蓋整個社會,
因為它是使得宗教、經濟、法律、政治等功能得以區隔的分化過程。
(孫智綺譯,2003:79) Bourdieu 認為「社會」是一個空洞的概念,
所以在他的理論中以場域或社會空間的概念來代替。Bourdieu 所用
的「場域」概念並非四周圍以籬笆的場地,也非「領域」的意義,
而是一種「力場」。也就是說,「場域」是由各種社會地位和職務所
建構出來的空間,其性質決定於這些空間中個人所佔據的社會地位
和職務。不同的地位和職務,會使建立於職務佔有者之間的關係,
呈現不同性質的網絡體系,因而也使各種場域的性質有所區別。因
此,場域就像磁場一樣,它是權力軌道所構成的系統、或是各種客
觀力量所構成的系統。(邱天助,1998:120)

　　場域也會因成員的特殊利益要求而產生衝突、鬥爭,例如哲學
場域、政治場域、文學場域等等,都存在著支配者與被支配者。
Jenkins 針對 Bourdieu 的界定加以補充,他說場域是一種網絡關係,
一種社會區域的概念,是鬥爭、策略發生的場所,甚至是行動者進
行下注的場所。(引自周新富,2005:55)

　　綜合上述各位學者對場域的定義,可知場域存在於社會各處,
也都到處可以成立大大小小、各門各類的「場域」,我們可以說臺
灣是一個場域,臺北是一個場域;宗教是一個場域,科學也是一個
場域;藝術場域、文學場域……等。「場域」這個概念現已被廣泛
用於教育學領域,其理論基石是:學校系統也是一個由客觀關係(教

師、學生、行政管理者、組織制度等所互相構成的關係）所塑造的
獨立社會空間。基於此，本書所要探討的是學校、作文班、補教班
這三種不同的社會空間所進行的寫作教學需配合「場域」的特性而
進行不同的教學活動，所以本書的「場域」概念簡單以下列的圖來
作說明：

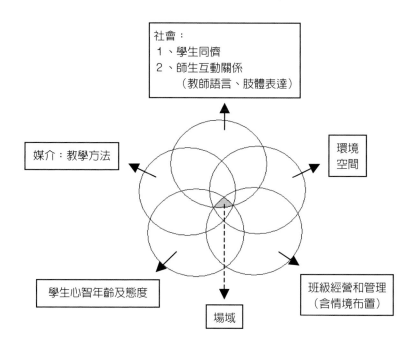

圖 2-3-1　場域概念圖

　　本書從場域的角度來探討寫作教學應配合不同的場域，教師應
調整寫作教學方法，希望能從場域的組成要素來給予學生最好、最
適合的寫作教學。

二、場域的特性

　　了解場域的意義及概念後，可以發現場域它具有「空間」一詞以外的學術意涵，這些意涵正好也是寫作場域的特性：

1. 場域的組成元素不同。例如以學校及作文班來說，他們的特性不同，就在於其組成的人口不同，學校有其特定的組織結構、不同的社會關係形成和特有的文化制度；作文班則較多元，也較無特定一致的組織文化。從分析的角度來看，一個場域就像一個網絡，或位置間的客觀組合。這些客觀關係組成的空間，擁有其各自特定的、必然的，且與其他場域不同的運作邏輯。（孫智綺譯，2003：80）

2. 它具有資本（利益）和權力關係。Bourdieu 常將場域中的人們比喻成一種「遊戲」或「市場」，擁有特定資本的生產者之間是相互競爭的。競爭的目的在於累積他們可以宰制其場域的資本。資本可以說既是目的又是手段。在某一時間點下的場域結構，就是當時社會施為者間權力關係的反映。從這個意義來看，場域是一個相對力量的空間。（同上，81）Bourdieu 也將「場域」比喻成一種遊戲，是鬥爭和策略運用的地方，其王牌是「生存心態」與「資本」，這些王牌決定了遊戲的型態和成敗。（邱天助，1998：125 教學談起。合的部分較為少見）在本書中，衝突、鬥爭的情形不是那麼強調，主要是在利益上師生之間並不相衝突，良好的寫作教學想獲得較大的利益，無可厚非是希望學生能有好的學習成效；而在權力關係方面，需要考量的層面就較為廣泛，例如師生之間、教師與家長、學生同儕之間，都是影響寫作成效的因素。

第四節 場域寫作教學

本節主要探討場域與寫作教學的關係，教師在進行寫作教學時，身處於不同的場域對其教學有絕對的影響，所以在進行寫作教學時，場域勢必是老師必須要考量的重大因素之一。以下就分別以場域的組成因素來加以探討。

提升孩子的寫作能力，應該以「興趣」為出發點，「教師的任務是在選擇適當的教材並根據學生現有儲存在心中的觀念來激發其動機，使學生想要去學這些材料。」（林寶山，1988：18）引起動機後，教師也應維持適當的教學情境，與學生維持良好的互動。

以寫作環境來說，指的是寫作者以外的所有事務，包括寫作題目、讀者對象、刺激情境等修辭上的問題，以及到目前為止所寫出的文章等。這些促使一個人寫作，引導並限制寫作的歷程。（鄭麗玉，2000）本書中大部分採取了情境論的觀點，營造良好的寫作環境，讓學生能夠自由揮灑，營造安全的寫作環境是教師的責任。再以 Bourdieu 描述的場域概念來看，其實班級教學是一個「場」，情境教學也是一個「場」，要發揮「場」的效應，促進群體齊進。影響群體動力的因素主要有：群體背景、群體參與形式、群體意見溝通形式、群體的凝聚力、群體氣氛、群體目標、群體領導者的行為、群體成員的行為等。因此，所謂的情境教學就是要設置一個學生群體的學習「場」，讓學生在這個「場」中，個體積極參與影響群體，群體又影響個體，形成合力，互相激勵，共同上進。（韋志成，1996：82-83）由此可以看出，情境教學所考慮的因素與場域教學類似，不同的是情境教學主要以創設情境，提供豐富的學習環境給學習

者，其中包括實質環境和情境環境。（蔡錫濤、楊美雪，1996）實質環境分為硬體環境及軟體環境：硬體環境包括教室、圖書館、媒體視聽中心或其他可供學習的空間；軟體環境包括教科書、書本雜誌、光碟影片或其他電腦軟體等。情境環境則是指設計一個包括人、事、物等有待解決問題的情境，重點在訓練學生的創造性思維，學生在學習活動的種種發現，以致於能別出心裁的理解問題、解決問題。這是學生創造思維的表現，應該給予肯定及鼓勵。

　　情境教學以學習者為主，而本書中的場域教學則強調學習者與教師並重，要能針對身處的環境調整教學方式。運用於寫作教學上，限於學校、作文班教室空間的狹小，戶外教學也礙於行政上的不便，所以可善於利用多媒體、集體創作、戲劇表演等方式；並利用群體的力量來帶動個體，考量低學習成就的孩子也能有參與的機會，以團體的力量帶動學習。

　　在社會方面，包含有學生同儕及師生互動，此因素與情境教學理論所提的大同小異，情境教學中的師生互動是處於「共同協商」的關係，教師是一個協助者，必須在學生需要的時候適時給予指導；教師是一個精神支持者，在學生有良好表現時，提供回饋並給予正向的鼓勵與讚賞，以提升學生的自信心，提升學習的興趣及動機；教師同時也是學生的學習伙伴，形成一種亦師亦友的關係，不用高壓、權威讓學生服從，透過與學生的對話、討論，了解學生的想法，是學生學習參與的共同者。高熏芳（1996）的研究指出情境學習的師生角色是處於共同分擔責任的「共同調解」協商關係，與傳統教學只是單方面要求教師或學生的作法是不一樣的。因學習目標是由教師及學生共同協商制訂的，學生當然就願意付諸行動進行學習，更能將自己的評量結果，作為達成或再調整自己學習目標的

依據。有關情境教學理論運用於寫作教學上的成效如何，施並宏（2005）進行行動研究將李吉林所提倡的情境教學論運用於國小三年級的寫作教學，研究結果顯示課程行動研究的成功建立在師生良性互動的基礎上。學生是教學的主體，教師在課程籌畫中所安排的學習環境，研擬與學生經驗相關聯的寫作主題，提供的運思材料、創作、表演與欣賞的機會，以及所採用的評量方式等，都會影響學生的學習興趣以及學習參與度。教師應該儘量以鼓勵、包容、接納、尊重、傾聽的態度，來引導學生，也讓他們勇於發表自我的感想與意見，這樣不但能拉近老師與學生之間的距離，也營造了良好的師生互動關係與愉悅的課堂氣氛，是學生喜歡上寫作課的關鍵。

　　另外，各不同場域的教師其知識背景的差異，進而會影響寫作教學，尤其是作文班教師多元化，每個作文班制度又不同，教材、教法參差不齊。王萬清（1995）在〈寫作教師之寫作教學內容知識偏好與結構研究〉中使用測驗量表法，以該研究者提出的師生互動的寫作教學模式、教學思考歷程為基礎，編撰寫作教學內容知識量表，測量 6 位寫作教學專家、59 位國小教師、50 位才藝班（類似於本書所提的作文班）教師的寫作內容知識。研究指出不同機構（國民小學、才藝班）的寫作教師在寫作教學內容上的差異為：

一、寫作教學內容知識的偏好性

　　在教學前的計畫思考上，兩類教師均重視「學科領域知識」，其中有關「國語科課文內容」的配合，國小教師比才藝班教師更常使用。在教學中的策略思考方面，兩類教師均常使用「了解題意」、「正確使用寫作技巧」、「組織寫作材料」、「收集資訊、擬定教學計

畫」的思考；而比較少用「安排小組修改已完成的文章」及「在教學中讚賞自己的寫作教學成就」。教學後的評鑑思考，兩類教師均重視批改與促進教學；少用「觀念溝通與了解學生」的評鑑思考。

二、寫作教學內容的知識結構

　　教師的寫作教學前計畫思考結構，由學生的作文能力，文章的題目、文體和方法，寫作教學相關經驗組成。在教學中的策略思考方面，分析結果唯一明顯的差異是國小教師較重視產生文思，產生創意，提供範文的「專家支持」，才藝班教師則較重視寫作技巧，其餘有關「作文教學歷程」、「自我增強」、「討論」則有相同之處。有關教學後的評鑑思考，發現才藝班教師重視了解學生的思想、能力，國小教師則重視訂正錯誤。

　　綜合以上的研究成果可發現，不同機構也就是屬於不同場域，不同場域的教師在寫作教學上有相同也有相異之處。本書主要探討其相異之處，例如，在使用教材方面，強調讀寫結合，學校教師常採用的是配合課本內容，而作文班教師則較少使用。學校教師礙於時間上及課程綱要上的限制，結合課文是不錯的寫作教學方式，但若是課文有不足之處，適當的加以補充教材則是必須的。而限於作文班有學習成效上的壓力，也造成作文班（甚至是補習班），在教學策略中所重視的是寫作技巧。也基於此，本書要建議大家考慮各不同場域的特性來實施寫作教學，期使作文班、補習班也能重視學生「創意」的展現，進行創造性的場域寫作教學。

第三章　寫作教學的現況

第一節　追求創意

　　二十一世紀多元的時代來臨，社會也在急速變遷，資訊科技蓬勃發展，各行各業的技術都在推陳出新，各企業也希望能聘請到具有「創意」的人才，因應社會趨勢及需求，國家制訂的課程綱要趨向於鼓勵學校教師進行創意教學，教育部也積極投入，舉凡「創造力與創意設計教育師資培育計畫」、「創造力教育中程發展計畫」、「創造力教育白皮書」以及各縣市政府所推動的「創意教學教案設計比賽」，無不希望鼓勵教師能更加精進、提升自我教學能力，也能以培養具有創造力的學生為目標，畢竟「人才即國力」，國民創造力的培養是提升國家競爭力的關鍵。

　　強調「創意」的展現處處可見，創意教學、創意學院、創意廣告、創意設計……等，而「創意」指的是什麼？與「創造力」又有何不同？舉例來說，如果你早上起床刷牙，發現停水了，你便要立即解決這個「事件」，而解決這個事件所產生的對策，就是「創意」。簡單來說，凡是為了達成目標或解決問題所得到的想法就是創意。（引自葉玉珠，2006：12）也有人說「創意」就是點子（idea），點子不點不亮，愈點愈亮，你會發現創意是可以訓練的。（陳龍安，

1994）而創造力指的是創造表現的能力，因過程涉及思考行為，所以也以創造思考能力稱呼；它可能是一種發明能力、是生產思考能力、擴散性思考能力，也可能是想像力。（引自王其敏，1997：22）關於創意及創造力的定義各家說法均不同，就不在此贅述，但可以了解的是創意及創造力是密不可分的，產生創意可以說是產生創造力的必經過程；先有創意，再配合各種因素及執行的動力，才能有創造力的表現。

陳龍安（2000）也提出實施創造思考教學的重要性，包含有：

1. 教育的方法要適應變遷的社會。
2. 每個人都具有創造力的稟賦。
3. 未來的世界需要有創造力的人才。
4. 創造力是生涯規畫的重要指標。

Csiksentmihalyi（杜明城譯，1999）也指出研究並且實施創造力的好處，主要有兩點：

1. 創造力的成果豐富了我們的文化，間接改善了我們的生活品質。而我們也可以從箇中知識學習怎樣讓生活更有趣、更有生產力。
2. 要改善生活品質、過好日子，單單祛除錯誤是不夠的，我們要有積極的目標，問題的解答在於創造力，它為我們提供最精采的生活模式。

由此可知，政府大力推動創意、創造力的教學是有跡可尋的，將創意教學運用於各領域已是現今社會的趨勢，家長、社會大眾無不希望教育能革新，迎合世界潮流，提升孩子未來的競爭力。

　　在一波波的教育改革聲浪中，經由課程綱要的轉變，我們也可以清楚的發覺寫作教學的觀念也跟著改變。從歷年來課程標準來看，寫作教學多與聆聽、說話、閱讀、寫字等方面進行混合教學，在 1993 年的課程標準，係以「培養二十一世紀的健全國民」為最高理想目標，寫作的教材也漸漸趨向生活化，但在作文教學綱要中仍著重在寫作基本能力的練習（如：造詞、造句、審題、立意、選材……），教學時間為一週 80 分鐘。限於時間的緣故，教師的教學方式大多以口頭講解分析，令兒童多背範文，殊不知在無形中已扼殺了學生的寫作樂趣。（黃尤君，1996）

　　自從九年一貫課程實施以後，寫作教學也作了相當大的轉變，不但順應世界的潮流，更與科技相結合，寫作不再是一種責任和學習，強調「培養學生帶著走的能力」，課程綱要中也具體寫出「能培養觀察與思考的寫作習慣」。希望學生透過日常生活的相關體驗與觀察，能養成創造思考的習慣，讓寫作成為一種興趣及生活的一部分。雖然如此，但在寫作教學時數上，依寫作教學來看會跟舊課程有不同的實施方式，例如：以學習領域取代分科課程。因此，在學校的排課上，也不再有作文課、寫字課、說話課等，而是以國語文領域涵括了語文科的聽、說、讀、寫、作。另外，教師有更多的教學自主空間，不論是課程的設計或教學的實施，在時間、教材或教學方法的運用都有相當大的彈性。所以在九年一貫實施之後，根據童丹萍（2004）以嘉義縣市國民小學國語文寫作教學實施的調查研究結果顯示，嘉義縣市的教師在實施寫作教學時所面臨的困境及改進意見是：

1. 教師們對學生學習狀況感到困擾的問題，依序為學生寫作基本能力的不足（81.8%）、學生寫作內容貧乏（71.9%）、學生文章結構不佳（42.3%）及學習態度不好（15.0%）。

2. 在教師教學部分，授課時間不足（66.2%）、缺乏妥善有效可
　依循的教學方法（47.4%）、無固定教材及教師手冊（46.0%）
　等，可知是目前教師實施寫作教學認為最需迫切解決的問題。

　　針對目前的寫作教學困難，教師們所採取的改進方式，研究調
查發現在時間安排上，教師均利用非語文領域的時間；而在教學方
式，已有80.7%教師則表示他們會實施多元寫作的方式，儘可能融
入不同領域教學；在作文篇數上，縮減實際命題作文篇數，做到重
質不重量的教學品質；另外，教師們組讀書會，將寫作教學資源交
流共享，以解決寫作教材及教法的困難。以此篇研究可以看出，九
年一貫課程實施後的寫作教學，教師的角色、教學方法都和以往不
同，教師從知識的傳遞者，轉變成學習活動的引導者與共學者，教
學方法也趨向多元化，有別以往填鴨式、背多分的教育方式，不再
以背誦範文為重心。本書想探討提供的創造性寫作教學的引導方式
是提供相關有創意的作品，但並非只是範文，也不讓學生背誦，目
的在引導學生藉由作品的賞析，引領他們創意思考的方向，與漫無
目標的思考不同。

　　因應社會需求及九年一貫課程綱要的方向，將創意教學運用於
寫作的研究已有日漸增多的趨勢，以國內的碩士論文來看，計有劉
佳玟（2006）《創造思考作文教學法對國小五年級學童在寫作動機
及寫作表現上的影響》；魏伶娟（2005）《創造思考教學策略應用於
童話寫作教學之研究》；楊素花（2004）《國小六年級寫作教學運用
創造思考教學策略之行動研究》；蔡佩欣（2003）《創思寫作教學對
國小低年級學童寫作能力影響之研究》；陳宜貞（2003）《創造思考
教學法應用於國小六年級作文課程的教學研究》；林宜龍（2003）

《國小語文領域創造思考寫作教學之研究———一個教學視導人員行動研究》；江之中（2002）《創造性兒童詩教學對國小四年級學童創造力之影響———以臺中縣太平市一所國小為例》；林珍羽（2002）《創造性唐詩教學對國小五年級兒童創造力及學習動機之影響》；廖淑蘭（2002）《創造教學的研究與推動———以國語文實例為中心》；鍾敏華（2002）《兒童繪本與兒童語文創造力之教學行動研究》；林建平（1985）《作文和繪畫創造性教學方案對國小四年級學生創造力之影響》；其餘未以創造力、創造思考命名的更是不勝枚舉。利用各種媒介來進行創意寫作教學，包括資訊科技融入寫作、看圖作文、視覺、繪畫融入作文、五感教學、結構故事圖、小組討論、曼陀羅思考法、心智繪圖⋯⋯等方法來活化教學，其主要的目的是希望藉由有別於以往的傳統教學，改善目前寫作教學的困境，提升孩子的寫作興趣及能將自己的感情、想法和意見表達出來，並將其獨立書寫成文。由此可見，目前寫作教學的現況，追求創意已成一種趨勢。

第二節　創意概念的模糊化

　　大體上來說，符合社會需求各領域包含寫作教學追求創意已成一種新趨勢，本節將再針對創意教學的實施概況及創意教學成效作探討，並進而釐清創意的概念。

　　在教育部大力推動、鼓勵教師進行創意教學的情況下，教師所認定的「創意」教學並於學校實際實施的成效如何，值得再深入探討。吳清山（2002）也指出「創意教學」是教師在教學過程中，能

夠採用多元活潑的方式和多樣豐富的教學內容來激發學生內在學習的興趣，以培養學生樂於學習的態度和提升學生的創造思考能力。因而就教學上的創新、創造來看，羅綸新指出在教師身上具有兩種涵義，一為「教師如何使自己的教學具有創造力？」二為「教師如何培養出有創造力的學生？」（引自吳青山，2002）由此可見，教師本身的創造力及是否具備有激發學生創造力的教學方式，實為影響創意教學的關鍵。如果能了解教師在創意教學表現上的現況，或許可以作為進一步改善、提倡教師創意教學的基礎。

以社會上的學者、作家的研究及實際的教學情況來看創意教學，劉渼（2006）在〈創造技法融入作文教學模式與行動研究〉中，所實施的創意教學是將各種創思技法融入作文教學，其融入的技法有：

1. 腦力激盪融入創新寫作。
2. 列舉法融入說明文與說明表達能力寫作。
3. 影像追憶法融入抒情文與抒情表達能力寫作。
4. 心智興圖法融入記敘文與記敘表達能力寫作。

吳怡靜（2007）在〈玩樂中，揮灑寫作創意〉一文中提到，暑假寫作營在美國越來越受歡迎，孩子們不只玩遊戲，還大玩寫作。沈惠芳提出讓孩子愛上寫作的私房絕招，她的創意寫作教學是配合孩子的身心發展，投其所好：孩子喜歡說，就用「口說作文」讓他盡情的說；喜歡動，就讓他去玩遊戲，從中讓孩子熟悉語詞、練習表達。當然遊戲也絕非漫無目的，而是必須將遊戲與口說作文、教學目標相結合。（引自李佩芬，2007）以上所提的創意教學的確可以引發、提升孩子的寫作力，但實際在學校實施創意教學，需要考

量的因素增多，經《天下雜誌》調查國中小校長發現，國語文教學的關鍵問題，就在於「時數不足」，但真正要解決問題，光是增加老師上課時數也不是解決問題的萬靈丹。深入探討發現，從課程綱要目標、師資培訓、教學策略和教學法、到學習評量，其問題盤根錯節，相互糾纏。林玉佩（2007）在〈體檢國語文教育──時數不足，教法凌亂〉一文中提到在此的限制下，學校的創意寫作教學自然無法可與坊間的自由彈性相比，這時更加需要教師發揮本身的創意，根據現有的時數、教材，來加以設計有效的教學方式。

　　有關創意教學在學校的實施成效，林雅玲（2002）在《國中小創意教師教學策略與成效之研究》中，以獲得「GreaTeach 創意教學獎」特優獎的四位教師為研究對象，針對其「教學策略」、「教學成效」進行探討。教學成效方面以參考 Hong 編定「創意教學成效檢和表」的指標後，以七大方向即「知識力」、「情意表現力」、「理則性思考」、「連想性思考」、「問題發現及解決力」、「資訊力」、「創作表達力」來探討創意教師使用教學策略後所激發與助長學生的才能、思考力或創造力等表現。研究結果顯示，在研究中的四個領域個案（綜合、英語、藝術、數學領域）都呈現促使學生知識力方面的辨知力、理解力獲得成長；情意表現的發問力、自信力、合作力、開放性、尊重心獲得成長；理則性思考方面的分析性思考獲得成長；培養學生獨力學習的能力；使用小組合作學習，使學生本身參與度提高，因而越能產生知識應用。此為強調創意教學所激發學生多重面向的能力為檢核的標準。另外的研究成效是以創造思考教學融入寫作，以陳宜貞（2003）《創造思考教學法應用於國小六年級作文課程的教學研究》來看，以問卷調查來了解學生對該研究寫作教學活動的意見，統計分析出學生對創思作文課程的看法，其中以

這種上課方式，你認為可以從中得到許多靈感和啟發，增進創造力的問題上，根據學生的回答：「非常可以」和「可以」的票數高達97%，幾乎快及全班。有些寫作資質較佳的學生，甚至認定是「非常可以」增進他們的創造力表達的。另一個問題「你覺得這樣的上課方式，可以充分表達你的創意嗎？」學生回答「非常可以」和「可以」佔的百分比約為80%。學生普遍認為經由老師的引導和師生的共同討論、腦力激盪之下，可以慢慢建構出自己的創意，少數人更認為非常可以讓他們發揮創意，進而寫出屬於自己特色的文章。而「沒感覺」及「不可以」的學生部分約佔全班的20%。

由以上的研究可以發現，一個是針對教師的創意教學，以有無增進學生的各種能力來評定是否為有效的教學；另一個則是以學生的角度出發，教師的創意教學是否真的能引發孩子的創意表現。但似乎沒有明確的說明什麼樣的教法稱得上有「創意」，什麼樣的表現是「有創意」的表現。由此得知，每個人對創意的概念認定不同。而以「創意」的本質來說，為創意下定義本身就違背了創意。但是究竟如何才稱得上「創意」，概念模糊，沒有一定的標準。雖然「創意」是蹤跡飄忽，然而個人卻可以從修養提升創意技巧，並且便於分析、討論，所以本書必須為「創意」定一概念。教師本身必須清楚明瞭學生表現的「創意」，有了清楚的創意概念，如此的教學才有目標，而非放任的任憑想像。所以本書將創意定義為「無中生有或製造差異」，並且將其歸於語文經驗的三大領域中。創意可以經由有系統的教學策略來提升，這也是本書欲將創意概念明確化的原因，使創意教學不再是模糊的創意教學，而是形成有系統的教學模式。因此，進行創意寫作教學的教師，能清楚、明瞭創意寫作的要素，如此才能有方向、有系統的進行教學。

第三節　實際體現創意的創意性不足

Edison 曾說：「天才是 99%的努力，和 1%的靈感。」事實上，這 1%的靈感也得份外努力才有所得，可知天才不是天生，創意的能力也非與生俱來。而創意是可以經由科學化的分析、系統化的發想及培訓所激發而產生的。（王其敏，1997：39）

許多探討創造力的訓練效果，都從 Guilford 所發現的「創造力五力」作為課程設計中不可或缺的部分。這五力是：流暢力——產出大量構想的能力；變通力——對熟悉之意念變通思考的能力；精進力——延展意念的能力；敏覺力——敏感問題或情境的能力；獨創力——創造獨特反應的能力。這是目前評量創造力的重要指標。（引自陳龍安，2007）

既然創意可以經由訓練而得到，那麼對創意的認識及如何將創意系統化的分析就成了極為重要的課題。大多數人追求創意，但有可能造成像賴聲川（2006）所舉的例子一樣，分不清楚自己想追求的創意是什麼？

　　今（2006）年我在史丹福大學演講關於創意。一位商學院的 MBA 學生問我說：「創意可以學嗎？」我反問他：「你們商學院不是有教嗎？」他說：「有吧。我們有學各種腦力激盪和另類思考的技巧。」談下去之後，我發現他要的不是那些技巧，而是創意本身。

　　這簡單的對話說明了多數人對創意的誤解。腦力激盪和另類思考本身沒有問題，但是往往未能有效達到目標，因為這些是技巧而已，不是創意本身。我們對創意本身的了解不

足，才誤以為技巧就是本體。這種誤會就像一個人學了很多
管理技巧，就認為自己已經懂怎麼做生意了，或者一個人站
在游泳池邊，學會各種急救自救技巧之後跳進水裡沉下去，
然後埋怨自己「為什麼不會游泳？」（12）

一、增進創造力的技能

我在閱讀多數書籍及論文後發現，絕大部分的書都是介紹增進
創造思考能力的技巧，如蘇芳柳所提出的增進創造力的技能：

（一）腦力激盪

腦力激盪的目的在於刺激想像力、變通力、流暢力，並以創造
的態度解決問題，結果經常都很有效。

（二）檢核表法

Osborn 在他的名著《應用想像力》一書中，提出一個很有效
的檢核表，其內容經張玉成整理主要是：有其他用途嗎？可調適
嗎？能予以改造嗎？可以擴大嗎？能縮小嗎？

（三）強迫組合

此法就是把我們留意到的任何事情和問題扯上關係。

（四）屬性列舉

這是 Crawfordy 在 1978 年提出的。他認為「創造不是改變某
一事物的屬性或品質，就是把某一屬性應用到其他事物上。」

（五）屬性矩陣

　　這是屬性列舉的延伸。把你要改變的事物列出屬性來，在每一屬性底下列出一些可能的方式，形成一個矩陣；然後從每一個屬性中隨機挑出一項，加以組合，就可以形成很新鮮的點子。

（六）分合法

　　這個方法是 Gordon 提出的。此法分四種，有自身比擬、直接比擬、符號比擬、幻想比擬。

二、Guilford「創造思考」教學模式

　　另外，在訓練創造力的教學模式也不少。在此舉出常見的 Williams 的創造與情意教學模式；Osborn、Parnes 的創造性問題解決模式；Guilford「創造思考」教學模式：（引自陳龍安，2006；陳英豪等，1980）

（一）創造與情意的教學模式

　　Williams 的「創造與情意的教學模式」是一種知情互動的教學模式，旨在激發學生創造力及培養其樂於創造的態度。此模式分別由「課程」、「學生行為」和「教學策略」三項要素所構成。三者間彼此互相影響，從而發展學生四種具擴散性的思維能力，包括流暢力、變通力、獨創力和精進力；並且培育學生的四種勇於創造的情意態度，包括富好奇、喜於想像、敢於冒險與接受挑戰等特質又提出了十八種創造思考的教學策略，包含有矛盾法、歸因法、類比法、辨別法、

激發法、變異法、習慣改變法、重組法、探索的技術、容忍曖昧法、直觀表達法、發展調適法、創造者與創造過程分析法、情境評鑑法、創造性閱讀技術、創造性傾聽技術、創造性寫作技術、視覺化技術。

（二）創造性問題解決模式

　　Parnes 提出「創意解難」的教學模式，是發展自 Osborn 所倡導的腦力激盪法及其他思考策略。此模式重點在於解決問題的過程中，問題解決者應以有系統的方法，循序漸進地經歷發現困惑、尋找資料、發現問題、發現構想、尋求解答、尋求同意等六個步驟，然後找出解決的方案。

（三）「創造思考」教學模式

　　Guilford 依據其智力結構論，以解決問題為主的教學模式。這模式強調學習者在解決問題的過程中，仍需依據已有的知識基礎，將輸入的資料加以分析，並可透過擴散性思維，儘量想出不同的解決問題方法，最後以聚斂性思維評鑑各可行方法，選出適切的方案。

　　由以上的論述可知，培養創造思考的技術、策略相當的多，但真正有創意的人不見得要應用多少方法策略，要能把握創造的本質才是重要。因此，學會多少技能並不是重點，重點是如何去應用所學來增加創造力。

三、賴聲川提出的兩種社會現象

　　從古到今，創意本來就是令人類致富最重要的媒介。對於亞洲許多國家而言，問題的核心就是領導階層本身缺乏具創意的視野。

這形成了一個難解的循環：在缺乏創意的環境之下，如何創造創意？賴聲川（2006）提出了以下的兩種社會現象：

（一）社會的創意假象

　　他舉例說明，聯考時，報名了師大美術系，在加考國畫術科的時候，進了考場，不疾不徐的培養情緒，希望能畫出一幅具創意的國畫，沒想到抬頭一看，數十位考生都畫好了整整齊齊的山水。原來每一位考生早就練好他們要畫的國畫，背好了，像是從心中「默寫」出來，然後交卷！看樣子每一位也都上同一家補習班，因為畫的都差不多。

　　另一則例子，是他念小學的女兒參加演講比賽，學校事先公布十個題目，讓學生臨場抽題發揮即席演說的創意。其中一個題目叫〈我的爸爸〉。他的女兒有兩個同學在《國語日報》上找到一篇叫〈我的爸爸〉的文章背了下來，準備萬一抽到時可以派上用場，反正總不會兩個都抽到同一題吧！但是事與願違，兩個都抽到同一題，而他們竟然不會講了，臺下一片愕然。

　　這是什麼社會？「我的爸爸」，同學居然不會講，還要去參考《國語日報》，找一篇來背！

（二）僵化的創意

　　他表示在快速變化的消費社會中，個人對制式概念的認同無形中扼殺了創意。盲目追求社會既定價值的生活方式是現代人最深的悲哀，也是創意最大的先天殺手。即使沒有人這麼規定，我們總是把視線放在別人制訂的界限之內。沒有人教我們如何擴大界限，甚至毀滅界限；沒有人教我們，或許世界是沒有界限的。其實我們潛

藏的創意因子是很豐富的，只是不知曾幾何時，就像那泳池邊學急救而不懂游泳的人一樣，我們已經不知道如何創造創意產品本身了。

　　了解創意的本質是很重要的，倘若只著重在「急救」技巧，而忽略救人的最基本要素，這也是功虧一簣的，所以本書藉由基本的教材分析，將創意的本質以知識性、規範性、審美性的無中生有或製造差異為一個有系統的架構，再配合適合的創造思考技術、策略，希望能培養出學生的創造力並且能寫出具有創意的作品。

第四節　缺乏場域的觀念

　　近年來，國內外有關創造思考教學的研究逐漸增多，以創造思考訓練為主題的博碩士論文為數不少，只是這些論文大部分以學校場域為主的研究對象，鮮有以作文班、補習班為研究對象的。另外，上一節所論述的教學模式是將焦點集中在「教學」活動上，而沒有談及環境及師生的態度，以及課程與教材內容等其他創造性教學的相關因素。這雖然是教學模式所強調的教師應因地制宜，注重個別差異，由教師選擇最適合的教學方式，然而卻忽略了場域的重要性，本書希望藉由各場域的特點分析，讓教師在選擇教學方法時也能考慮到場域的因素，使寫作教學能更臻完善。

　　本書將場域分為五大向度，以下就目前的寫作教學研究的現況依此五大向度作一個約略的分析：

一、環境

　　在創造思考的教學中，強調營造安全的學習環境；情境教學論者，更是以此為主軸，強調實質的情境以及虛擬的情境，主要是讓學生有身歷其境的感覺；有了感覺，能觸發其寫作的靈感，也能喚起其相關的舊經驗。而這些相關的研究大多以學校場域為研究對象，在學校因為有較多的限制，班級人數也較作文班多，環境的因素可作不同的考量來實施寫作教學。

二、社會

　　重視師生間的互動關係，強調教師由知識的傳遞者變成知識的轉化者，主要扮演著引導者的角色。在學校場域、作文班場域、補教場域三者師生互動關係一定不同。在學校場域教師與學生的相處較為熟悉；作文班、補教場域學生與教師接觸的時間少。作文班場域學生人數不多，教師教學一定要活潑能吸引人，否則學生上起課來可能就興趣缺缺了；而補教場域的師生互動關係，應該是三者中最少的，以升學為主要目的，則必須以能實際提升學生寫作能力的教學為主。

三、班級經營和管理

　　班級經營的好壞會直接影響到教學成效。在學校場域，老師會善用各種班級經營的法寶，來維持秩序，以讓教學能順利進行；在作文班，因為學生來源的不同，在經營管理上教師需多費心思，以

適應多元的學生；而班級經營對補教場域的教師來說，是不需太費心思去管理的，因為基本上大多數的學生基於本身想學或是為了怕影響他人，是比較不會搗亂的。

四、學生心智年齡及態度

　　因材施教這是很重要的。而在教材的選擇上也必須配合學生的心智年齡，給予適當的教材及作業。這點在學校場域中，教師有可能因為學生人數及教學時間的限制，而顯得心有餘而力不足，但在教材的選擇上，除了配合學生的心智年齡之外，尚須配合課程綱要，與作文班、補教場域相比之下，比較無法作有系統的安排，學生的程度也有可能較其他場域更參差不齊。這時學校場域教師就必須在這樣的限制下，決定最適合學生的學習的教材及最有效的教學策略。

五、媒介——教學方法

　　目前的寫作教學研究，大多以一種教學法並以學校場域為對象，進行行動研究或實驗研究，以驗證所用的教學法是否有效。像創造思考教學法應用於寫作上、情境教學理論應用於國小寫作教學、看圖作文寫作教學……等。但本書並不設定某一項寫作教學法，只要是配合場域所需、能引起學生寫作興趣，都是有效的教學法。換句話說，教師的教學並不是「一式走天下」；有些教師可能會如此，不管身處什麼樣的場域，也不願意改變自己的教學方法，這是很令人擔憂的。

　　目前的寫作教學現況，有些已將場域的概念考慮到教學中了，而自己卻不自知，刻意以場域為主要考量的非常少；有些是以網路為場域，這種研究就會比較重視場域的特性，因為它所研究的場域跟其他大多的研究來比是較特別、少見的。其他的研究則絕大多數都以教學法為重。這也是本書選擇「場域」的主要原因。關於各場域與寫作教學的關係，在第五、六章會有更詳細的論述，並提出適合各場域的寫作教學策略。

第四章　創造性寫作的向度

第一節　無中生有與製造差異

　　「創造」有人認為是將舊有的一些材料、知識重新組合，強調創造並非無中生有，憑空而來的；相反的，有些人卻認為「創造」是一種「無中生有」的創新。本書將「創造」定義為「無中生有」或「製造差異」（見第二章第二節）。

　　「無中生有」指的是一種原創性、獨創性，也包含靈光一閃、突發奇想的新奇想法或創造力，但因為在文學作品中，許多字意的堆疊、演變，我們很難去斷定此作品為「前所未有」，所以在本書中僅能以個人本身所接觸過的作品中因無前例可循，姑且加以研判；另一個定義為「製造差異」，也就是指並非完全的創新，寫作只要能顯現「局部差異」的創新，在本書中認為這就是創造性寫作。有關「製造差異」的判定，則視作品所表現出的「相對性」而言；倘若作品對於原先的結果有所隱藏，改以較為相對的觀點來展現創造性，則判定其為具有創造性的作品。

　　關於本書對「無中生有」或「製造差異」的判定，就以《思路決定財路》的一篇短文來說明：

　　有一家木梳廠快倒閉了，於是雇了四個推銷員……要他們把梳子賣到寺廟裡去。

　　第一個推銷員空手而歸，他說：「開玩笑，和尚都是光頭，怎麼會要梳子？他們以為我嘲諷他們，打了我一頓趕出來了。」

　　第二個推銷員厲害，他賣掉了幾十把梳子……原來他動了腦筋，和尚雖然沒頭髮，但經常梳頭有利頭部的血液循環，有利延年益壽。把道理講清楚，每個和尚都同意買一把。

　　第三個推銷員更厲害，賣掉了幾百把梳子。……覺得和尚就那麼些人，必須不光打和尚的主意。他說服方丈，說香客來燒香，頭髮常沾滿香灰，倘若廟裡多備些梳子供香客梳頭，他們感受到廟裡的關心，香火就會更旺盛。

　　第四個推銷員最厲害……

　　他的能耐是，說服方丈把木梳做成紀念品賣給遊客，把最受歡迎的寺廟對聯刻在梳子上，再刻「吉善梳」三個字。寺廟可以賺錢……。（郭一帆編著，2007：70-71）

　　在這則例子中統攝了「無中生有」與「製造差異」。從第一個推銷員到第二個推銷員迥然不同的遭遇來看，第二個推銷員展現出的創意可說是「全然」的創新（從「無」到「有」），所以我將它界定為「無中生有」的創新，展現了創意中的變通能力，改變人們對「梳子」只能用來梳頭髮的固著觀念。

　　第三、四位推銷員倘若將文章獨立出來單獨來看，也列為是「無中生有」的作品，如第三位推銷員從天而降的想法，沒有改變梳子的用途，而將梳子使用的對象作了轉移，在廟裡的不光只有和尚，

往來的香客成了他更多的客源，這樣的銷售手法可稱得上具有「獨創性」。相同的，第四位推銷員倘若單獨一段來看，創新、獨特的銷售手法，也是令人意想不到的銷售高招。

就整篇文章看來，「製造差異」可從後出的推銷員不同的推銷手法窺見一斑，每個推銷員都展現了「局部差異」的推銷方法。原本第一位認為推銷梳子給光頭的和尚根本是不可能的任務，至第二位「無中生有」；第三位相對第二位來說為「製造差異」；而第四位相對第三位來說也是「製造差異」，梳子是越賣越好。後出的銷售的手法與前一位都有明顯的差異，所以將整篇文章判定為能「無中生有」和「製造差異」兼具的創造性作品。

有人認為「創意」應該任由學生去發揮，在寫作教學上也是如此。但是每當學生看到一張白紙，毫無頭緒不知從何下筆時，創造性寫作的引導就顯得非常的重要。本書試著將教學引導教材（創意作品）先以無中生有或製造差異作為創意程度的區分標準。再進一步以此標準將創意作品區分為語文經驗三大範疇：分別為知識性的無中生有與製造差異、規範性的無中生有與製造差異以及審美性的無中生有與製造差異。引導學生從這三大語文經驗出發，不至於在創造性寫作的茫茫大海中找不到方向。雖然說憑空想像對高程度的學生來說可能並不是難事，但教學最需顧及的是大部分中低下程度的學生；透過適當的引導，他們所展現出的創造力應該也是可觀的。所以本書冀望藉由創意作品的分析，成為有效、適當的前置引導教材，讓學生的創意可以經由這三大方向來體現。

想要有良好的引導教材，在實施的步驟上及相關的難處，茲分述如下：

一、是否為創意作品的判定

　　以「無中生有」或「製造差異」為判定的標準，在判定上以上述的定義為準則，但是難免會加入個人主觀意識的不得已「攪和」成分。

二、細分成「知識性」、「規範性」、「審美性」

　　進一步將作品細分成「知識性」、「規範性」、「審美性」三大類。區分成這三大類主要原因是人類所表現出的語文經驗大抵不出這三大範疇；三者有時各自獨立，有時兩兩相關，更有時是單一作品中三者皆具，此時在作品的分析上可視所含的成分多寡來研判、歸類。本書是以文中旨意偏重的部分來作引導的重點，各自獨立的作品留待二、三、四節再分別加以探討。在此先舉二者相關、三者皆具的例子。以《天空不藍，仍然可以歡笑》書中的一封信來說明二者相關的作品：

> 親愛的爸媽：
>
> 　　很抱歉我沒有寫信給您們，所有的文具在這次宿舍大火裡都毀了。現在我人已經出院……因為大部分的家當燬於那場大火，所以我搬去跟那個救我的男生一起住了。
>
> 　　噢，對了，我知道您們一直想要個孫子，因此您們得知我懷孕了將會很高興吧……
>
> 瑪麗

底下還有：

　　PS：其實並沒有什麼大火……也沒有懷孕……但是我的法
　　　　文吃了一個丁等，算術和化學各吃了一個丙等，這麼
　　　　寫只是想確定一下您們會很開明的看待這件事。（劉育
　　　　珠譯，2001：36-37）

這封信的內容包含有知識性取向及規範性取向的語文經驗，文中以
學生不該有的道德行為與學科被當的窘境形成了相當對比的「製造
差異」，此為規範性取向的範圍；看完這封信後，相信大家都會覺
得瑪麗的父母親一定不會覺得這三門科目被當有什麼了不起，因為
他們轉換了看事物的觀點，與性命安全、懷孕等事件來相比，學科
被當就不算什麼了，此觀念的改變，將其歸於「知識性的製造差
異」，這也是本篇旨意偏重的部分，所以以此為教學重點。

　　再舉《說故事行銷效果大——成功行銷120招》中的一則三者
兼具的例子：

　　　　一隻雌貓愛上了一位英俊的青年，就向女神祈禱，請求
　　把牠變成人的樣子。女神……就把牠變成一個美麗的少女，
　　青年看到這位少女，一見鍾情，兩人彼此愛慕就結婚了。
　　　　一天，女神想試探貓在變成人後性格有沒有改變，就在
　　房間放了一隻老鼠，這時貓忘記自己已經是人了，就從床上
　　跳下來，敏捷地抓住那隻老鼠，放在嘴裡吃掉了。女神看了
　　大嘆一聲，便將貓恢復原來的模樣。（郭奉元編著，2007：140）

　　文中這隻雌貓求助於女神變成人是一種規範性經驗的「製造差
異」；而雌貓不改本性的荒誕演出，則是屬於反向知識性經驗的「製

造差異」（牠原本是有機會當成人的）；至於整個過程成了一齣鬧劇，不啻帶有反崇高的滑稽表現，視為審美性經驗的「製造差異」實例。

　　這幾個例子在在證明了語文經驗的三大範疇並非各自獨立，常常會有交集的情況。但在實際論述上為求「方便」，不得不將交集部分略去，而專取非交集部分來鋪展論述及取證。至於相關「知識性」、「規範性」、「審美性」的語文經驗的判定原則，將留待本章的第二、三、四節中詳細說明；判定的難處也跟「無中生有」與「製造差異」的判斷一樣，不免會加入個人主觀的價值意識，最後只能以「相對上成立」來保障整體論述的順遂性。

第二節　知識性的無中生有與製造差異

　　在談知識性的無中生有與製造差異之前，首先闡明「知識」是什麼？以及歸於「知識性」作品判斷所依據的定義，再進一步論述想要從事「知識性」的創作，所需要建構的文體知識以及相關的寫作技巧、風格。在這一整個的架構下，搭配知識性的作品作引導教材，相信要寫出具有知識性的創造性作品並不是一件難事。

　　「知識」在《哲學辭典》中的解釋是：泛指意識作用的認識方面。普通分別為二種：一是直知的知識；二是關知的知識。從第一義知識不外為直接認取的稱呼；從第二義則是從知性比較的結果，而以斷定的形式表現。（臺灣商務印書館編審部，1971：352）辭典中所指的是透過我們的感官所直接獲取的可稱為知識；另外一個方式則是間接取得的知識。在知識論中也曾提及知識論所要確保的是

「知識（經驗）所以可能」，而所謂的知識就最優先被設定為自然存
有。這個自然存有，可以透過合理支持而使它成為真的信念。（朱建
民，2003：135-137）雖然如此，是否真有自然存有作為客體來保證
知識的存在性，一直是懷疑論和知識論之間相互爭辯的對象。當中
持知識論立場的人，常以底下的態度來對待懷疑論者的懷疑論調：

> 知識論的教科書中都要探討懷疑論的主張，主要是要對付各
> 種懷疑論的挑戰。因為知識論的研究的可能是預設「知識是
> 可能的」，我們的確能夠知道些什麼；但自古以來就有一些
> 懷疑論者否定這一點。例如紀元前五世紀末西西里島的希臘
> 哲學家郭賈士，他主張：（一）沒有什麼東西存在；（二）即
> 使有什麼東西存在，我們也沒有辦法認識；（三）即使能夠
> 認識，我們也沒有辦法傳達給別人。這種強調叫做絕對懷疑
> 論，我們可以忽視。因為我們實在無法接受但又無法證明它
> 不成立；主要是由於我們所能提出的論據，他們可以一概不
> 承認，以至於使我們無法推論下去。甚至當我們最後逼問
> 說：「你是不是在懷疑一切？」郭賈士也仍然可以回答：「我
> 懷疑我是否在懷疑一切。」我們如再逼問：「你是否在懷疑
> 你在懷疑一切？」他仍可以回答說：「我懷疑我是否在懷疑
> 我在懷疑一切？」如果再問下去就變成：「我懷疑『我懷疑
> 「我懷疑……」』」。所以我們對於絕對懷疑論者只好不予理
> 會。（黃慶明，1991：4）

在此對絕對懷疑論的「不予理會」，顯現出知識論者想要護住
自己知識客觀的存在。但是知識論在提出一個證成知識的程序時，

還得有另一個證成來保證；依此類推，勢必導致知識的證成無限延後的困境。（周慶華，2004c：49-51）所以它的解決辦法應該是從根本上回返對知識是「人所創設」的自覺上來因應。也就是說，一切知識的存在都是世人所創設的。（周慶華，2004c：91-103）了解了知識的內涵，進一步說明本書所要談的「知識性的無中生有與製造差異」中的知識取向的語文經驗，是指從純理性的基礎來論斷限制的。它假定語文經驗是一種人類的理性架構，所以必須合理化；它的目的乃在於求「真」。（姚一葦，1985：353-354）簡單來說，所謂的「知識性」可說是個人經驗所得，並可進一步判斷真假，可認知、可增加見識，有時也會造成觀念上的改變。以此來判斷語文成品中的所依據的是什麼，以及更經由這一件事物的邏輯架構或者說它的動作而找出它的意義，也就成為教學者的一項重要工作。

　　在實施「知識性」的創造性寫作之前，要先讓學生具備寫作文體的相關先備知識；有了基礎的文體架構，再進一步加強寫作的風格及技巧。基本的文體知識，以配合「知識性」、「規範性」、「審美性」取向的創造性寫作教學來說，不同的文體所表現出來的語文經驗是有差異的，這也是本書在第六章的寫作教學策略中選用不同題材來引發學生不同面向的重點所在。這些基本的文體分類知識，本書是以周慶華《語文教學方法》中的分類方式為主。它以語言表述的內在樣式或取義向度作為依據，將文體分為三大類：

　　　　　　文體　⟨　抒情式
　　　　　　　　　　敘事式
　　　　　　　　　　說理式

圖 4-2-1　文體類型圖（周慶華，2007a：112）

　　縱是如此，相關的教學還得再細緻化，因為這三大類都是高度概括的文體指稱，它們還需要再予以細分，以便作為論說和實踐的憑藉，對學生的理解、知識的建構也會有更高一層的概念形成。周慶華將文體細分得更為完備：

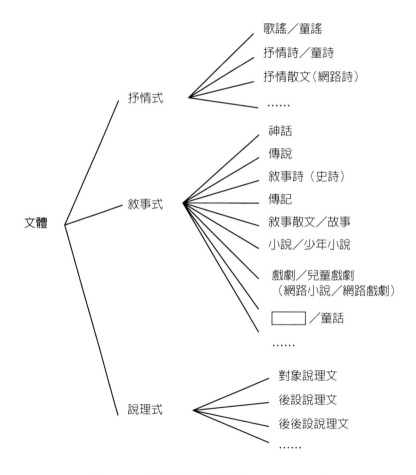

圖 4-2-2　文體細類圖（周慶華，2007a：114）

　　有了這些基本文體的認識之後，在進行寫作教學時可充分利用各文體的不同特性，例如：抒情文的寫作。抒情的「抒」是抒發的意思，也被換詞成「表現」；表現是把在內的「現」出「表」面來（朱光潛，1981：91-100）；它在文學領域不只是素樸的表現出內在情感而已，他還得提升到具有審美價值的地步。（周浩中譯，1989：28-29；葉航，1988：194-195）此時相關教學所要著眼的，就是這個部分，充分顯現出利用審美性的寫作方向來引導的必要性（詳見本章第四節）。

　　在獲得文體知識之後，會影響學生寫作的還有寫作的向度、風格和技巧。在此針對學生比較容易接觸到的有關「人文學科／社會學科／自然學科等學科類型」向度作一簡單的介紹。學科知識是學生學習上常碰到的，這跟寫作又有什麼相關？簡單來說，學科所以會是一種得加以認知的對象，表面上是基於知識的生產、傳播和接受等過程，實際上則依然是權力意志促動下的結果。其設定的意義如周慶華（1999：127、179、212）所提到的：人文學科是在「探討人類存在的意義、價值及其創作表現的學問」；社會學科是在「探討人類的社羣組織的原理原則和人際關係的運作方式的學問」；自然學科是在「探討生物和物質的產生及其運作規律的學問」。有了學科的相關知識，更加拓廣了知識性語文經驗的範圍。

　　在了解「知識性」取向的語文成品判斷的定義之後，以下列三則「知識性的無中生有」、兩則「知識性的製造差異」的例子來作說明，相信會讓這個理念架構更加清楚。

　　　　一休禪師從小就很聰明，老師有個心愛的茶杯……一休
　　不小心打破了，心裡頭很困擾。聽到老師的腳步聲走來，一
　　休將碎片藏在背後，看到老師他問：「人為什麼會死？」
　　　　「那是自然現象，」老師說：「萬事萬物有生就有死」
　　　　一休把碎片拿出來，補上一句：「現在換這杯子死了。」
　　　　　　　　　　　　　　　　　　　　（劉育珠譯，2001：237）

　　這一篇語文成品我將它分析歸類於「知識性的無中生有」（有
部分的規範取向，但在此處先略過）。原因是文中那位老師所定義
的原則「萬事萬物有生就有死」，聰明的一休將這個原則邏輯推論
到沒有生命的杯子，邏輯推論獲得的新知就是屬於「知識性」的範
疇。他所提出「現在換這杯子死了」的創新看法因為無可相互對照
比較，無前例可尋，所以認為它是屬於「無中生有」的創意；再進
一步分析它所屬的文體、風格類型，整篇是在敘述一則故事，是屬
於敘事中的故事類，並且含有說理的成分在，所以是兼具敘事與說
理的文體類型；故事內容以師徒間的問答形式單線前進，論及生、
死的問題，偏向於人文學科，以新的觀念來創設自己對死亡的論點。

　　　　有一位青年，老是埋怨自己時運不濟、發不了財……有
　　一天，走過來一位鬢髮皆白的的老人，問：「年輕人，為什
　　麼不快樂？」
　　　　「我不明白，為什麼我總是這麼窮。」
　　　　「窮？你很富有嘛！」老人由衷地說……
　　　　老人反問道：「假如現在斬斷你一根手指頭，給你一千
　　元，你做不做？」

　　「不做。」年輕人回答。

　　「假如使你雙眼都瞎掉，給你十萬元，你做不做？」

　　「不做。」

　　「假如讓你馬上變成80歲的老人，給你一百萬，你做不做？」

　　「不做。」

　　「假如讓你馬上死掉，給你一千萬，你做不做？」

　　「不做。」

　　「這就對了，你已經擁有超過一千萬的財富，為什麼還抱怨自己貧窮？」……

　　青年愕然無言，突然什麼都明白了。（何南輝編著，2007：50-51）

　　這也是一篇「知識性的無中生有」的作品（有部分的審美取向，但在此處先略過）。文中的青年經由老人的另類思考的提點，讓這位年輕人能反向思考，突然頓悟原來自己也是個富有的人。在一般人的觀念裡頭，可能認為有錢就是富有，但反向來思考，其實能擁有現有的一切，不也算是一種「富有」嗎？此篇也是屬於敘事性的故事類，兼具基進性推理，也是一篇敘事推理文類的作品；文中所傳達的訊息，讓我們自己可以去衡量生存在這個世界上，你所在乎的是錢財或是生命，這種思考邏輯偏向於人文學科，藉由這作品可以讓我們思考人的存在價值。故事以雙線推理的模式進行，帶有幻想的成分，老人漸進式的問話，讓年輕人掉進他的另類邏輯中，徹底改變年輕人原本悲觀的想法。

　　有一天，徒弟作完了自己的事情去見師傅。

「師傅！我已經學足了，可以出師了吧？」

「什麼是足了？」師傅問。

「就是滿了，裝不下去了。」

「那麼裝一大碗石子來吧！」

徒弟照做了。「滿了嗎？」師傅問。

「滿了。」

師傅抓來一把砂，摻入碗裡，沒有溢。

「滿了嗎？」師傅又問。

「滿了。」

……

師傅又倒了一盅水下去，仍然沒有溢出來。

「滿了嗎？」（郭一帆編著，2007：19-21）

　　故事中所傳達給我們的知識是所有可探索的對象都會有空隙，萬物都有其複雜性，在文章結尾後，其實還可以再加入比水更細小的物質，例如可以再加入「空氣」、「光」……等，它仍然不會滿。「無中生有」的創意方面，是指我們很容易迷失在自己的驕傲自大中，文中以各種物質來表現各種不同的知識，一個知識代表一個對象，我們不知對象裡還會有對象，以為這樣就「滿了」。此篇屬於敘事性故事類的作品，故事採雙線交錯進行；用物質來作比喻，歸屬於自然學科範圍。以上三則都是屬於「知識性的無中生有」作品。再來以兩則「知識性的製造差異」來進一步說明：

　　青蛙族舉行一場攀登比賽，比賽的終點是座很高的鐵塔塔頂。

　　　　比賽開始了，有一群青蛙圍著鐵塔看比賽，卻也有觀眾
在高聲議論：「這塔太高，牠們肯定到達不了塔頂，太難了。」

　　　　聽到這些話，很多青蛙洩了氣、退出比賽，但仍有部分
青蛙還在向上爬。所以，觀眾更高聲議論：「這太難了，沒
有誰能爬到頂的！」

　　　　於是，越來越多青蛙退出比賽，到最後剩下最後一隻還
在努力。雖然，觀眾還在繼續說著：「下來吧！太難了，不
可能爬上去的！」但牠毫不氣餒……終於攀上了塔頂。

　　　　牠下來之後，大家都很想知道，牠哪來這麼大的力氣與
信心爬完全程；有一隻青蛙跑去問牠，這才發現：原來這隻
青蛙是聾的。（勁草，2003）

　　此篇的「知識性」顯現在於「這隻青蛙是聾的」。聾得聽不見
別人的聲音，自然不受別人的影響，做任何事倘若太在意別人的看
法，那有可能會「一事無成」。「製造差異」則是顯現在正常的青蛙
和耳聾的青蛙在行為表現上的差異對照。此篇是屬於敘事性的寓言
故事；其寓意是耳聾的聽不見不受旁人左右，表現出社會學科中的
人際關係網絡容易受制於別人，倘若要不受影響，聽不見訊息就可
減少干擾。另一則「製造差異」的例子是：

　　　　在英國倫敦一條街上有三家漂亮的裁縫店，裁縫個個手
藝高超，不相上下。

　　　　有一天，為了招徠更多的生意，三家裁縫店先後在自己
的店鋪前立起一塊精緻的廣告牌。

　　其中一家最先掛出一塊醒目的廣告牌，上面寫著：「本
店有倫敦最好的裁縫。」

　　另一家見了生怕落後，馬上掛出：「本店有英國最好的
裁縫。」

　　人家以為第三家裁縫店會掛出「本店有世界最好的裁
縫。」的廣告牌。然而……出人意料之外地把筆鋒一轉，掛
出一塊極為普通又非常絕妙的廣告牌。

　　「本店有這條街上最好的裁縫。」

　　此牌一掛出，立即受到交口稱讚。（楊敏編，2003：
115-116）

　　這個例子改變我們的認知「什麼才是最好的？」第三家店選擇
不誇大其詞，反而受到肯定與歡迎。從倫敦到英國照理說這個高塔
應該要層層堆砌上去，一直擴充到全世界，可是第三家店的裁縫師
發揮了他的創意，在範圍上明顯的製造差異；原本是應該要繼續誇
大、擴充，他反而將範圍縮小，他只需要和同條街的其他兩家比，
比這兩家好，他就是在這範圍內最好的裁縫師了。此篇涉及到人際
互動及商業行為，自然將其歸類於社會學科。

第三節　規範性的無中生有與製造差異

　　本節與下一節要談「規範性」及「審美性」的相關問題之前，
要先與第二節的「知識性」作一個界分。因為在「知識」上常常包

含有「規範性」及「審美性」的成分在，倘若不先加以界定清楚，後面的論述會容易混淆。

知識論所形塑提供的知識已經出現兩大類型：一類是「論理真理」式的知識；一類是「本體真理」式的知識。（王弘五譯，1987；趙雅博，1979；曾仰如，1987；王臣瑞，2000；關永中，2002；朱建民，2003；周慶華，2007a）當中「論理真理」是指名和實相符。例如「彩虹的顏色是七彩的」、「太陽從東邊升起西邊落下」等等，並且只要經由「順向」的查驗程序，設定的相關概念和命題本身具有指稱和陳述作用，就可以判斷命題是否為「論理真理」。如「外面在下雨」倘若經查證外面真的在下雨，那這個命題就成立。反之，則命題不成立，是一個假的知識，不能成為「論理真理」；而「本體真理」，是指實和名相符。它是經由「逆向」的查驗程序，設定後的相關概念和命題本身是否具有代表和測定功能，倘若有則可以判定事物擁有本體真理。例如「他是我的好朋友」這個命題是否成立，要查驗我所設定的「好朋友」的相關概念，比如我的設定是「會借我十萬元的才是我的好朋友」，實際上有借的，才是「我的好朋友」，實和名相符，也就是可以判定這命題擁有本體真理。

前一類知識的設定有相當程度的客觀性，所以已經被不成文的歸屬成了科學管轄的範圍；而後一類知識的設定，由於受制於命題者本身內在對事物界定的標準不同，外人比較不容易檢證成功，也因為它的牽涉層面廣，常涉及到個人的倫理道德價值的論斷以及美、醜判斷標準的不同，而將「本體真理」的知識再分化為「規範」和「審美」兩個領域。這也是本書要釐清的分界，在作品分析中常常會有「論理真理」和「本體真理」的知識出現，所以在本章三、四節所要論述的「規範」和「審美」和第二節的「知識」所作的區

分就以此理論為主。釐清了這個概念，這一節先論述及舉例說明劃歸於「本體真理」的「規範性的無中生有與製造差異」作品的判斷、分析的方法。

「規範」在《哲學辭典》中的解釋是：與標準義同。人之於行動、思想、情緒等，倘若想要實現其正確的目標，自有不可不服從的原理或法則。在此原理或法則，就是規範的意思。求行動的正，必從所謂「善」的法則；求思想的正，必從所謂「真」的法則；求情緒的正，必從所謂「美」的法則。（臺灣商務印書館編審部，1971：648）在本書中所稱的規範性指的就是行為中必從「善」的法則。

「規範性的無中生有與製造差異」的判定及教學方法的探討，一樣要以權衡輕重的方式來因應，只要觀念清楚了，教學的重點、方法也隨之成形。這種規範性取向的語文經驗，大抵上可說是從倫理、道德和宗教的立場出發，找出語文成品有助於教化的成分或質素，而印證語文也是「約束社會成員思想、維繫社會存在的一種形而上的形式」的社會學觀念。（周慶華，2007a：201）

本節主要由倫理、道德規範模式來論述（在此暫且略去宗教部分），以此肯定發掘語文成品所隱含的規範來引導學生思考，是教學者的一項重要工作。在這三大規範中，「倫理」與「道德」是比較不容易區分的；其實二者是相互關連，有時還被視為是同義詞。在本書中並不強調二者必須明確的區分，因為這兩類都是歸於本節所提的「規範性」的創造寫作中。儘管如此，對「倫理」、「道德」的認識，還是要作一番討論，好讓大家了解本書在作品分析上的判斷依據。

「倫理」指的是群體規範，強調的是行為在群體間所產生的結果；而「道德」指的是個體的品行和德行，它強調個體行為的理由

和動機。（傅佩榮等，1995）舉《道德規範與倫理價值》一書中所提到的例子：

> 我有一位好友，長久在海外住，因此，返臺居住後，很喜歡載週末跟太太去看電影。良好的生活起居，又引來了麻煩。有一次在週末看完電影後，剛走進大廈，親切的管理員，改變了往常笑容可掬的態度，用一種責問的口氣說：你們兩個人也太不夠意思了，我們大家相處也快四五年了，平時總像一家人，為什麼要搬家也不事先打個招呼。這是基於中國人傳統固有倫理觀念而發生的責備……當他們上樓打開門之後，立刻就了解到：那是一種誤會的倫理責備，真正應該被罵的，是一群公然闖空門的現代搬家公司。（陳秉樟，2000：293-294）

藉由這個例子讓我們更清楚的明瞭，「倫理」它強調的是行為在群體間所產生的結果，往往會受外在社會結構與環境或條件的改變，而有一些困難及不同的解讀之處。

另外，有關「道德」的論述，根據學者的研究，自古以來對道德的認知可分為許多派別，每個派別對「道德」的界定都不同，以常人所了解的道德來說，中國人常受到古代所謂天道主義的思想，及民間鬼神信仰的影響，很自然地把道德看成是一種與生俱來的天理與良心，所謂人同此心，心同此理，公道自在人心，天理昭彰，正是這種道德意涵的展現。還有在道德體系中，其中有以「倫理文化」為內涵的體系，這也是本節前面所說的倫理、道德其實是很難區分開的，因為在這人倫體系中，「家」、「孝悌」是為我們所重視

的，所以在這個體系中的道德觀念，是特別強調社群關係中的規範文化，以及家庭倫理孝道。（陳秉樟，2000）

　　知識、規範、倫理、道德這幾項觀念，它們之間的層次關係及區分不開的交集，以下圖來進一步釐清：

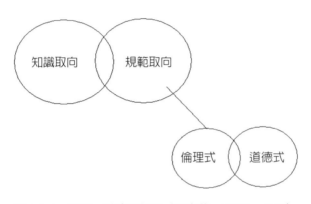

圖 4-3-1　倫理、道德關係圖（周慶華，2007a：213）

　　知識取向與規範取向的交集部分就是先前所提的知識可分成「論理真理」和「本體真理」，規範性也具有知識，只不過它的知識是屬於「本體真理」的這一大類。而從規範取向中我們又可以分出倫理、道德式的語文經驗，這也是先前論述過的。它們並非壁壘分明，在教學上重疊的部分也不可避免，但是可以視其輕重，教學者必須衡量，取其非交集的部分作為教學重點，釐定教學目標，實施有效的教學。以下列舉一些「規範性的無中生有與製造差」的例子來說明，看看規範性的語文作品展現了哪些令人意想不到的創意：

　　　　有一次蕭伯納在街上行走，被一個冒失鬼騎車撞到在
地，幸好沒有受傷⋯⋯

　　　　騎車的人急忙扶起他，連聲道歉，可是蕭伯納卻做出惋
惜的樣子說：「你的運氣不好⋯⋯你如果把我撞死了，你就
可以名揚四海了！」（天舒、張濱，2007：75）

　　這個簡短的敘事作品中，蕭伯納看待車禍的認知就偏向於「本
體真理」的知識，對一般人來說是不會如此來看待車禍的，像機車
騎士他所擔心的一定是我們「論理真理」知識下的法律問題，由此
可區分出知識性與規範性之間的差異，進而此篇表現出人在社會上
所面臨的一些人際互動、人與人之間問題的處理方式，顯現出倫理
式的規範；另外文中「騎車的人急忙扶起他」，由此可見，這位機
車騎士是很有良心道德的人（並沒有肇事逃逸、棄之不管），這也
說明了倫理、道德在作品中常有重疊之處，但都是屬於規範性的範
圍之內。由於規範性取向的作品大多與社會、人際有關，在寫作風
格上都屬於社會學科的範疇，所以以下的例子就不再多作贅述。蕭
伯納如此幽默的反應，令人感到意外，所以將它歸於「規範性的無
中生有」的作品。為了讓具有創意的作品更明顯的被發掘，不妨先
穿插不具創新的例子來作個對比，相信會更容易找到創意的所在。

　　　　一位因為寂寞而向當地的寵物店買了一隻鸚鵡的女
人，在帶著鸚鵡回家幾天後，他回到那家店去抱怨：「那隻
鸚鵡到現在一句話也沒說過！」

　　　　「你有給牠一面鏡子嗎？」寵物店的老闆問。「鸚鵡喜
歡能夠透過鏡子看看自己。」於是女人買了一面鏡子回家。

　　第二天，女人又回到店裡，因為那隻鸚鵡還是一點聲音也沒有。

　　「試試梯子如何？」……「鸚鵡喜歡在梯子上爬上爬下。」

　　隔天，那個女人又再次回到店裡……

　　「你的鸚鵡有沒有鞦韆？」老闆問。「鳥兒們喜歡盪鞦韆，那能使牠們放鬆。」

　　第二天，女人回到店裡，告訴老闆她的鸚鵡死了。

　　……「牠在死前有沒有說什麼？」

　　「有。」女人回答道。「牠說：『他們難道沒有賣任何食物嗎？』」（以葳譯，2007：59-60）

　　這位鸚鵡的女主人，在店裡來來去去好幾趟，買了老闆介紹的讓鸚鵡玩樂的用品，感覺上每次買的物品都不一樣，但在屬性上卻是一樣的，不能算是有創意的製造差異。最後的結局倘若和上一篇相比，你會發現上一篇的結局讓人出其不意，拍案叫絕；而這篇的結局卻讓人摸不著頭緒，心想「這隻鸚鵡既然會說話，何必等到自己快餓死了才開口？」是因為這隻鸚鵡很有個性不願開口嗎？還是有其他的理由，但是再怎麼說也不至於拿自己的性命開玩笑吧！以下就再舉一則有創意的規範性製造差異的作品來再作比較：

　　有一個女大學生偷偷地愛上了教邏輯學的男老師，她多次暗示並給老師遞了一張紙條，上面寫著：「有人問我一道邏輯題。已知：我愛上了你，求證：你也會愛上我。這個題目我解不出來，所以想請您幫我解答一下。」

　　　　　老師見到紙條⋯⋯但又不想直接去拒絕她。於是靈機一
　　　動⋯⋯給她寫了一封回信：
　　　　　「證明：能夠愛別人的人應是好人。對於你來講，我應
　　　是別人。妳能夠愛別人，說明妳是好人。好人，人人都愛。
　　　既然妳是好人，那麼人人都愛妳。這個人人當然也包括我。
　　　所以，我也愛妳。」（天舒、張濱，2007：140）

　　這位老師巧妙的邏輯證明，既不傷這女學生的心，也化解了一
場尷尬。邏輯證明倘若是用在哲學或科學上，那麼就是屬於「論理
真理」的知識；但在這篇作品中，重點是在處理師生之間的倫理關
係，由這位老師的證明裡，可以發現他的道德觀是不接受這段戀情
的，所以他由原本是一對一的愛情關係，轉化到集體的大愛，這
便是「製造差異」，和上一篇的「製造差異」相比，就顯得有創意
多了。

第四節　審美性的無中生有與製造差異

　　本節所要論述的「審美性的無中生有與製造差異」也是屬於「本
體真理」知識中的一環，在論述之前，相同的先針對「審美」作一
個界定，說明本書判斷審美性作品的依據與方法，並以例子來輔助
說明。

　　「審美」在教育部國語推行委員會（2008）《重編國語辭典修
訂本》上的解釋是：一種對美醜所給予的評價態度。通常指在主客
觀的情境中，對事物或藝術品的美的一種領會。而判斷審美的本質

和基礎，我們有什麼根據，憑什麼權力，按什麼原則能夠斷定作品所顯現出來的具有美感經驗，因為「審美」實屬於「本體真理」沒有絕對的解答，每個人衡量、判斷美、醜的標準不同，而對審美對象產生的審美感受的不同，以及由此而產生的審美判斷、審美評價的差別或對立，就形成了審美的差異性。

在姚一葦（1992）《審美三論》一書中，透過感覺、直覺、知覺三大論點來看審美的問題：

一、論感覺

美感經驗的產生，需經由人的感覺器官，或者說感覺通路，所以他認為感覺能力是審美的一個不可或缺的因素。例如書中所舉的 Santayana 曾舉過的著名例子，Keats 的〈聖女埃格尼斯之夜〉中的一段：

> 而伊仍安睡於蔚藍覆蓋的睡眠，
> 在發白的亞麻布中，柔滑而夾著薰衣草，
> 此刻他自櫥內取出一堆的
> 蜜餞的蘋果……和葫蘆，
> 加上比乳酪還輕柔的凍子，
> 和染著肉桂色的透明糖漿；
> 商船載運的嗎哪和椰子
> 來自菲茲；和加上香料的種種美食，每一樣
> 從絲的沙馬堪到杉木的黎巴嫩。

這幾句詩引起我們的味覺與嗅覺，一座芬芳的花園、美味的食物、香料和香水，柔軟的纖物、美麗的色彩，在我們的腦海裡形成一個奢華的理想畫面。但是此種感覺只能說是一種低級的感覺，相對於低級感覺的是高級感覺，是指我們的視覺及聽覺，因為我們的視覺、聽覺印象當然比嗅覺、味覺來的清楚明晰；我們會比較容易描述所見所聞，而不容易說出嗅到或嚐到的感覺。

二、論直覺

　　姚一葦提及自己的創作經驗，每苦思冥想，結果卻一無所獲，但是在不經意的偶然之間，突然見到了或抓住了什麼。宛如靈光乍現，豁然開朗，形成一強烈的創作動機。凡是有創作經驗的人，可能就認為這就是靈感的到來。然而靈感不是憑空而來的，而是來自一個人的直覺能力。此創作的歷程、直覺的能力相當於本書所指稱的創造性寫作。而以語言表現的藝術，也是作者所捕捉到的世界，投入了作者的主觀意識或潛意識。譬如杜甫的「感時花濺淚，恨別鳥驚心。」他所見及的花與鳥，與人不同：花能濺淚，鳥會驚心；當然都是他自己主觀作用所幻化出來的。又如李商隱的〈登樂遊原〉：「向晚意不適，驅車登古原。夕陽無限好，只是近黃昏。」在這首詩中李商隱從夕陽中捕捉到的不只是「論理真理」中的自然規則；一定比自然的道理多一些，就是這一種自然現象所引發的對人生際遇的感觸。對人生的感觸才是他在遊原上，面對夕陽，剎那間的直覺內含。

三、論知覺

　　知覺所涉及的層面比起感覺、直覺要複雜的多，知覺也可說是經驗知識的基礎，但雜多的、不相關聯的知覺不能成為知識；要成為知識，必要經先天的悟性的綜合，或者說經過純粹概念或範疇的整理。例如：天上的雲我們都知道是雲，可是當我們以審美的態度來觀賞時，它變成為一個變幻的外觀；所謂的「白雲蒼狗」，變化萬千；不再是作為一個自然現象來看待。這正是審美知覺有別於一般知覺之處。

　　由上述可知，要界定美感經驗必定會涉及個體所經驗之物，也就是審美對象的問題，審美對象的不同屬性，可引起不同類型的美感，如崇高感、優美感、悲劇感、喜劇感、滑稽感等；美感主要是一種社會心理現象，但與人的生理活動也有聯繫，人在發生美感時，也可能伴隨生理上的快感，但它又不同於動物的生理活動。（王世德主編，1987：62）周慶華在《語文教學方法》中，將審美對象擴展到網路時代，使得審美對象的區分更細緻、整體化，如下圖：

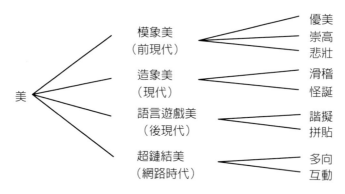

圖 4-4-1　美感類型圖（周慶華，2007a：252）

當中的相關名詞解釋如下：

1. 優美：指形式的結構和諧、圓滿，可以使人產生純淨的快感。
2. 崇高：指形式的結構龐大、變化劇烈，可以使人的情緒振奮高揚。
3. 悲壯：指形式的結構包含有正面或英雄性格的人物遭到不應有卻又無法擺脫的失敗、死亡或痛苦，可以激起人的憐憫和恐懼等情緒。
4. 滑稽：指形式的結構含有違背常理或矛盾衝突的事物，可以引起人的喜悅和發笑。
5. 怪誕：指形式的結構盡是異質性事物的並置，可以使人產生荒誕不經、光怪陸離的感覺。
6. 諧擬：指形式的結構顯現出諧趣模擬的特色，讓人感覺到顛倒錯亂。
7. 拼貼：指形式的結構在於表露高度拼湊異質材料的本事，讓人有如置身在「歧路花園」裡。
8. 多向：指形式的結構鏈結著文字、圖形、聲音、影像、動畫等多種媒體，可以引發人無盡的延異情思。
9. 互動：指形式的結構留有接受者呼應、省思和批判的空間，可以引發人參與創作的樂趣。（周慶華，2007a：252-253）

　　由於美感的對象、特徵有這種多樣性，更加肯定教學者發掘語文成品的審美成分的重要性。而在審美成分的判斷上，因為人對客觀事物有多種類型的判斷，不同判斷具有不同的特點。例如「這朵花是植物」，是科學的邏輯判斷，判斷其科學屬性；「這朵花有用」，是實用判斷，判斷其實用價值；「這朵花很美」是審美判斷，判斷

其審美價值。審美判斷不同於科學、實用判斷，常帶有對感性形象的感情色彩，常受人審美的趣味、理想和心境等影響。（王世德主編，1987：69）基於此，本書對審美性作品的判斷主要以上圖的架構為主，分析出作品中所含的審美成分，實施美感教育的寫作教學。這些作品中雖然還是免不了會和本章二、三節所敘述的「知識性」、「規範性」有交集重疊之處，但在此處一樣是權衡輕重，精取審美性的教學重點。以下舉例說明之：

> 幾個老人坐在一塊，說著以前他們在西部的時光，其中一個說：「我永遠不會忘記那時我殺了一個印地安人。」
> 「你槍殺了他？」其中一個人問。
> 「不是」他回答。
> 「用刀和他徒手交鋒？」另外一個人問。
> 「不，並不是那樣。」第一個說話的人回答道。「是跑到他死。」
> 「你追他追了多遠？」
> 「不，」……「我是跑在前面的那個。」
>
> 　　　　　　　　　　　　（以葳譯，2007：228-229）

　　大家所指稱的文學作品的美可能就是表露於形式中的某些風格或特殊技巧，而這些風格或特殊技巧始終都是關涉文學作品的形式和意義的。如同「一個欣賞者從文學作品中所經驗到的不單是知道那裡面說的是什麼，好像閱讀一篇報告或時事新聞一樣；而是能從中經驗到一種異於現實感受的喜愛。這種喜愛，不是現實的喜怒哀樂，而是從現實的喜怒哀樂混合釀成的一種更純粹的感情品質。

簡單來說，詩人或文學家所以在作品中構造種種意象，其實就是在構造人人所得之解的可喜可怒可哀可樂的意象來寄託著象徵那純粹的感情品質。（王夢鷗，1976：249-251）上列的這篇敘事性的短文，文中的主角說「我永遠不會忘記那時我殺了一個印地安人」，他對「殺」所定的概念，與眾人都不同，這是屬於「本體真理」的知識，而根據之前論述的判斷標準來看，原本遭遇到「被追殺」的心境應該是很悲壯的，這種攸關生死的恐懼，居然透過作者文字的表達，轉變成一種「崇高」的美感，結果變化劇烈，使人的情緒振奮高揚，克服恐懼。所以歸類於「審美性的無中生有」。審美性的作品常會涉及人的內在感情的抒發，人與人互動的關係結構，在風格的分類上偏向於社會學科，比較不可能是自然學科的範疇。另外再舉一個同樣是「審美性的無中生有」的例子：

> 　　開學日，我帶著那些陌生的國一新生去打掃我們的公共
> 區域──一大片花園。這些童心未失的小朋友到了花園只顧
> 著看花、聊天⋯⋯眼裡根本看不到地上的垃圾⋯⋯更別說小
> 小的煙蒂！
>
> 　　我看他們那麼優閒，心裡可著急呢！只好一一吆喝他
> 們：「這裡有垃圾！」「那裡有狗屎！」「把這個撿起來！」
>
> 　　他們撿了一袋又一袋的落葉，尤其唯一的男生阿成襯衫
> 都溼透了。我沒讓他閒著⋯⋯我又指著地上的煙蒂說：「這
> 裡還有煙蒂！」
>
> 　　他一邊夾起煙蒂一邊說：「誰這麼壞？亂丟煙蒂！」我
> 想正好可以機會教育，就說：「那種不要命的人。」走回教
> 室的路上⋯⋯（他）問我：「老師，你知道誰最壞嗎？」我

　　心虛地想是我這個吆喝他掃地的人吧！他笑著說：「我告訴你喔！是風！」（富米，2002）

　　此篇作品在寫作文體上屬於敘事性散文，而將它判斷成「無中生有」的創造性作品，主要是學生的回答「出乎意料」之外，原本應該是氣憤的學生，我們會和文中那位老師有著一樣的想法，不會想到最壞的竟然是「風」。再從審美性的觀點來看，老師在旁一直頤指氣使的要大家頂著大太陽撿垃圾，這樣的感覺免不了帶給讀者有些氣憤，雖然氣憤但老師的話又不得不照做（這當中夾著著部分「倫理的規範性」，師生間的倫常關係，但此處略過不談），有那麼一點「悲壯」的成分在，而這位學生在最後將這種些微的悲壯感，轉變成有違背常理的回答，引起人的喜悅和發笑，由「悲壯」轉為「滑稽」，這種劇烈的轉變，所以將本篇作品歸於「審美性的無中生有」的創意。看完了兩篇「無中生有」的例子之後，再舉一則「製造差異」的例子來作比較；

　　　　一天清晨，唐娜讓全班三十一名學生拿出一張白紙，並在頁眉處用大寫字母寫下「我不能」，然後叫學生列出所有他們不能做的事。例如：
　　　　我不能做十個伏地挺身；
　　　　我不能只吃一個小甜餅……
　　　　在學生忙著列出清單時，老師也在列舉自己不能做的，如：
　　　　我不能讓阿倫動口不動手；
　　　　我不能讓約翰的母親來參加家長會……

　　　　寫完後，唐娜讓學生們把紙對折好，放進桌上的空盒子
裡……唐娜和學生們齊步到了操場最遠的角落，她面向他
們，嚴肅的宣布：「孩子們，今天，在這莊嚴的時刻，我們
在這裡集合，我們將把『我不能』全部埋葬。」……

　　　　……接下來，唐娜宣讀了令每個人都難以忘懷的悼詞：
「……今天，我們為『我不能』提供了一處安息之地，它走
了，留下了它的兄弟姊妹們（我能、我會、我馬上……願『我
不能』安息，願在場的孩子徹底摒棄『我不能』，珍惜生命，
勇往直前。阿門！」

　　　　……只要有學生一時忘記，說了「我不能」，唐娜就會
指指墓碑，學生往往馬上便會笑著改口。（商金龍，2007：
249-252）

　　這篇作品在寫作文體上屬於敘事性散文，它的創意主要展現在
前後以「我不能」、「我能」這樣的對比性的表達方式，明顯的製造
了差異，這個創意的小故事，用一些積極的思想和概念來替代過去
陳舊的、否定性的思維模式，是一種能在短時間內改變我們對生活
的態度和期望的強而有力的技巧。這種心理上的轉變，偏向於個人
對事物的悟性，將它歸於審美對象中的「崇高美」；此崇高有它的
漸層，藉由唐娜的引導，漸漸轉變學生的習慣，藉由舉辦特殊的「我
不能」的葬禮，使學生的情緒振奮高揚，崇高感漸漸提升。

　　本章所論述的創造性寫作的向度，共分為六大類，分別是「知
識性的無中生有」、「知識性的製造差異」；「規範性的無中生有」、「規
範性的製造差異」；「審美性的無中生有」、「審美性的製造差異」。
這六大創造性寫作的向度，主要是提供教師在進行創造性寫作教學

時一個可以參考的模式；也提供學生寫作時進行「有方向」的創意
思考的借鏡，冀望提升寫作的成效。

第五章　場域觀念與寫作教學

第一節　空間場域與社會場域

　　第四章論述了創造性寫作的向度，確定了創造性寫作教學的內容，在第五章裡將寫作教學與場域觀念相結合，如此一來，可再進一步的探討創造性寫作教學在各場域有什麼樣的差異，各自受到場域的那些因素的影響。首先，在本節所要論述的是有關「場域」的觀念，「場域」結合寫作教學是大家比較陌生的，但因為「場域」的範圍太過於廣泛，為了論述的方便以及顧及它的可行性，還是要將「場域」分成「空間場域」和「社會場域」（詳見第二章第三節），其中又以「社會場域」為主。本節先以空間場域和社會場域作一區分，釐清本書所要表達的場域觀念。

　　「空間」在哲學辭典中的解釋是：1、能夠由維度賦予特徵的東西。2、線性距離。3、時間距離；間隔；綿延。4、廣延：具有面積或由長、寬和高三維所決定的容積。5、邊界；某些事物存在（運動、變化）的範圍。6、容器；可以在其中發現萬物的東西。7、虛空；空的或沒有什麼東西的。8、虛無；無。另外還有各大哲學家對「空間」一詞的不同解釋，如下：

1. Aristotle：空間的主要意義必須在位置的概念中尋求，被認為是一件事物（或形體的邊界）的絕對位置（在宇宙空間的位置）。事物趨向於尋求其在宇宙內的自然位置。它們的不在其自然位置是運動的一個來源。

2. 原子論者：希臘原子論者把空間看成存在於諸原子之間的原子在其中運動的虛空（純粹空的空間）。

3. Descartes：空間和物質（物質實體）是一回事。任何佔有空間的東西都是廣延的，而廣延就是空間。空間是物質事物佔據的容積。根本不存在什麼虛空或空的空間。

4. Kant：康德並不把空間看作與物質是一回事，也不把它看作是一種容器、虛空、絕對、外界真實的對象關係。康德試圖提出一種前後一致的主觀的空間觀。心靈透過空間直觀，透過把空間概念主觀投射到純粹經驗上來組織和安排純粹的（無空間性的）經驗。

5. Leibniz：空間有兩個方面：客觀的或本體論的和主觀的和心理學的。在兩個方面，外部空間都不是實在的。只有單子是實在的：（一）空間是單子內在特性之間的關係。（二）空間是使許多不同知覺聚合在一起的東西（或者是聚合的意義）。

6. Plato：空間是一種容器，它：（一）包容或接受（基本上是數學的）物質活動，以及（二）透過提供那種活動在其中發生的結構和界限來限制那種活動。（段德智、尹大貽、金常政譯，2005：420-422）

綜合以上的解釋，歸結本書所指的「空間」偏向於邊界的解釋，指某些事物存在（運動、變化）的範圍；也較為偏向於 Plato 的看

法，主要指的是寫作時所處的場所，我們在其中生活、流動，任何
的群體行為與個人思考都必須在一個具體的空間內才得以實踐。
（畢恆達，2006：2）例如學校裡的教室、操場、舞臺、視聽教室……
等；作文班中的教室；補習班中的教室空間等。

　　在社會優越的空間理論裡，提到社會與空間的關係，主要有三
大論點：

1. 以廣義的社會為研究的最終對象。
2. 參照預設的社會概念來界定空間的概念。
3. 在社會認識論與存有論上，空間的位階比較低。

　　根據這三個論點，王志弘（1998）《流動、空間與社會》一書
中進一步加以撮要：空間乃是社會的一個切面，跨越社會的所有領
域，是社會存在與運作的展現與結果，我們無可想像一個沒有空間
而能存在的社會。對於社會的理解不能不包括空間的向度，但是我
們沒有辦法藉由空間完全的理解社會。空間一開始已然是社會空
間，即使是所謂的自然空間，假設不依存於人類社會的自然宇宙星
球的空間，當它們被提到時，已經進入了人類社會。自然和宇宙要
呈現在我們面前，不是經過了論述和表意系統，就是透過我們那已
經社會化了的感官和知覺，此社會空間的概念和 Bourdieu 的社會
概念相同。

　　Bourdieu 認為「社會」是一個空洞的概念，所以在他的理論中
以場域或社會空間的概念來代替。Bourdieu 的「場域」概念並不是
一個純空間的想法，而是要和「位置」、「資本」及「習性」的概念
結合在一起理解。他並不去框限或界定場域的界線，因為它是隨時
會變動的，對場域進行觀察，就是先對人所處的「關係」和「位置」

來作優先的理解。Bourdieu 提出的場域解釋是：它「可以被定義為在各種位置之間存在的客觀關係的一個網絡，或一個構型」(李猛、李康譯，1998：134)。以概念的發展而言，場域乃源自於「社會空間」的概念。Bourdieu 以「社會空間」來指涉社會世界的整體概念。在 Bourdieu 看來，社會空間就像市場體系一樣，人們依據不同的特殊利益，進行特殊的交換活動；而社會空間是由許多場域的存在而結構化的，這些場域如同市場一樣，進行多重的特殊資本競爭。(邱天助，1998：121)換一個角度來說，也就是因為所處的位置不同，人因此而擁有了不同類型的權力和資本，所以它們之間便形成了支配關係、屈從關係，或者是一種結構上的對應關係。

　　正如 Bourdieu 所說：社會場域可以描述成為一種由各種社會地位所構成的多向度空間；而每一個實際的社會地位又是依據相互調整的多項系統而定下來。只有從共時觀察和分析的觀點來看，也就是說，只有從靜態的觀點去觀察，場域才表現出為結構化的社會空間。場域在共時地掌握的時候，表現出行動者的位置和地位所結構的空間；而這些結構化空間的性質，依賴行動者在這些空間中的位置，但同時場域的性質也可以獨立於佔有這些空間的行動者的特徵而加以分析。因此，各個場域可以從靜態和動態兩個角度去分別加以分析和論述。(高宣揚，2002：230-231)

　　本書根據 Bourdieu 的理論，有關這節所要論述的社會場域，大致上來說就是「場域」的概念。換句話說，本書所要探討的創造性場域寫作教學中的「場域」，主要是以社會場域為主，空間場域為輔。

　　歸結來說，影響寫作的因素不是只有寫作空間(指地點)而已，空間在此指的是有「邊界」的，以先前提到的社會優越的空間理論

的論點來看社會與空間的關係，顯然是社會包含空間，但「社會」範圍真的太過於廣泛，為了本書得以進行，所以選擇了空間裡影響寫作的重要因素，如權力、人際、互動……等等的空間結構及氛圍，這個概念與 Bourdieu 的「場域」定義不謀而合，在不同的空間下的「場域」才是本書所要探討的重點。也就是說，以下三節分別論述三個不同的「空間」裡的「場域」特性與寫作教學的關係。

第二節　制式教育場域的寫作教學

　　本節所指稱的制式教育場域指的是「學校」，可說是正式的教育系統，在此並不是指學校的教學很制式化，而是從學校的多方面向、特質來界定的，例如：學校的課程設計，一定得受九年一貫課程綱要的限定；教材的版本也只有幾個出版社可供選擇；師資的來源、管道有一定的選聘流程；全國統一的上課天數……等等因素，所以將學校歸為「制式教育場域」。

　　九年一貫課程將學習領域分成七大領域，分別是語文、數學、社會、自然與生活科技、藝術與人文、健康與體育、綜合活動，其中語文領域又可分為本國語文、英語、鄉土語言，本國語文中又含有寫作課程，所以學校場域和寫作教學的關係，以本章第一節所區分的空間場域和社會場域為主軸，空間場域主要從靜態和動態兩個角度去分別加以分析和論述，社會場域則以本書中的第二章第三節所提的場域概念圖中的影響寫作的權力、師生互動等因素來說明場域對寫作教學的重要性。

　　空間場域與寫作教學有關的將它分成兩部分來看，敘述如下：

1. 靜態資源方面：例如：教材、教具、圖書室、校園（校舍、樹木、花園、操場、遊樂器材）等硬體設備。
2. 動態資源方面：例如：老師、學生等個體；學校相關活動可再細分成教學活動、課程活動、定期活動（如：運動會）、例行活動（如：晨會）、偶發活動（如：請人來演講）。

社會場域與寫作教學有關的分成以下幾點來敘述：

一、師生互動

　　教室是兒童學習的最重要場所，在裡頭老師、學生進行各式各樣的活動和交誼，一切就如同一個真實的小型社會，在學校的帶班制度，原則上是兩年換一位導師；也就是說，老師、學生倘若沒有其他的變故，至少要一起相處兩年的時間。兩年的時間不算短，師、生之間默契的培養比非制式場域要來得強。在學校師生的互動，可以分成單純的雙方互動以及多方的彼此互動；互動好，上課時學生的反應熱烈，可活化氣氛的營造，對寫作教學來說是一大助益。

二、同儕關係

　　學生同儕在班級裡的互動就像一隻無形的手一樣，雖然看不到它的存在，但是它卻深深的影響每一個人。這樣班級團體的性質呈現一種和諧互助的氣息，則班級氣氛就讓人感到溫馨、快樂；但是如果反之，班級團體性質所呈現的是同學之間相互爭鬥、猜忌的氣氛，我們不難想像班級氣氛所呈現的感覺，它不但會阻礙學生彼此

之間的感情及相互合作的力量，也會妨礙學生的學習效率及成就。因此，學生同儕相處的好壞，也是影響寫作的因素之一。

三、權力配置

　　將權力設下一個可操作的定義：對它可以進行分類、評估、獎罰的關係。在這個定義之下，我們可以很輕易地去判斷任何關係是不是權力關係。老師對學生當然是一種權力關係，學生對於老師也許可能是一種權力關係。權力之所以為權力，主要的特質不在於相對可能性，而在於其絕對性。所以老師對於學生而言，具有體制賦予的權力，所以在學校裡支配與被支配的現象被高度合理化，一旦這種宰制權力關係受到挑戰與顛覆，則會對整個體制造成重構的危機；另一個校園裡的權力關係可由建築空間裡看出其背後的權力運作，具體的存在的空間又形塑了我們的社會關係。如學校教室「點名窗」的設計，方便行政人員監視教室內的教學活動；又如講臺與排排坐的學生座椅，只注重老師單向的知識傳授，忽略老師與同學間的互動。（畢恆達，2006：5）

四、環境影響

　　學校、教室的環境所帶給人的感覺，也深深的影響教學的成果，如果整體的環境給人一種黑暗、骯髒、壓抑的氣氛，是會影響到學生學習的心情。倘若學生是在一種明亮爽快的氣氛中，更容易對他們的功課感到興趣。所以老師應該要力求有一個愉快的教室，學習無須嚴肅，學生在愉快的心情中學得更好。舉凡歡笑、有趣、

幽默、合作、愉悅都可以使教室成為一愉快的地方。在先前也曾提過，要實施創造性的寫作教學，給予學生「放心」的創作環境是很重要的，也要能懂得欣賞學生怪誕不經的新奇想法。

五、班級經營（含情境布置）

　　「班級經營」的意義許多學者有不同的看法，在張新仁主編（2004）《班級經營》一書中，將各家學者的看法加以綜合，幫「班級經營」下了個定義：為了使班級單位裡各種人、事、物活動得以順利推展和互動，由教師為中心，以科學化的方法和人性化的理念，配合社會的需求、學校的目標、家長的期望及學生的身心，來規畫、推展適當的措施，以求良好的教學效果和達成教育目標的歷程。由定義可看出，班級經營管理只是一種手段，其真正的目的應該是去維持或提供一個積極有效的學習環境，進而達成預定的教學效果及目標。從中可了解整個班級經營的內容，是教師、學生與教學環境三者於班上、校內外交互作用所衍生出來的人、事、物問題。如下圖：

圖 5-2-1　教師／學生／教學環境關係圖（張新仁主編，2004：7）

1. 有關「人」的問題處理：包括師生關係、教室布置、學生同儕關係，及教師同事關係三種。
2. 有關「物」的問題處理：諸如桌椅的安排、教室布置、物品的安排、周圍的環境……等，都會影響教學成效。
3. 有關「事」的問題處理：可從人、物間的交互活動關係來探討。其中就包括了師生互動的教學活動。（張新仁主編，2004：5-7）

　　以上略述了與寫作教學息息相關的空間場域與社會場域的內涵，學校的寫作教學倘若能與場域內涵相結合，定能大大提升寫作教學的成效。原因是校園空間只要多花巧思，校園可以像公園；校園可以是親切、開放、有趣的學習空間。學校校園裡，除了教室之外其實隨處都可以是教學場所。可以用心在教室外的走廊或通道，設置各種學習步道；如果是在郊區的學校也可利用當地的地理、氣候與環境特色，例如明倫國小與野鳥協會配合，在校園的草地及木棉樹上，安置飼餌臺與飼餌箱，引誘不同的鳥兒到校園棲息，可成為校園自然生物觀察與記錄寫作的活教材。又如臺北縣的菁桐國小教室旁的圍牆內增設水生動植物的教學區，廁所也做了有趣的設計，在廁所外牆上挖了一個青蛙形狀的洞，廁所裡也裝置一隻趴在牆上的青蛙。學生主動地幫這些設計編故事。有一位小朋友說，老師喜歡上課，講一講就忘了下課，青蛙學生尿急又不敢告訴老師，所以一下課，青蛙就衝到廁所，就把廁所的外牆撞了一個洞了。（畢恆達，2006：57-73）老師也可以利用五感教學法，帶領學生到校園裡體驗，聽無聲之聲，看無物之物，舉例來說，帶學生觀察螞蟻，「聽」螞蟻交頭接耳在說什麼，是所謂的「聽無聲之聲」，經由觀

察、想像讓學生發揮創造力；到花園看看花、草、昆蟲……等，經由視、聽、嗅、味、觸來「感覺」大自然，這樣的場域倘若能善用，讓學生心有所感，下筆寫作就不難了。

由以上的例子可以發現，學校可利用的資源最多，運用資源方面也最靈活，師生的互動也最有彈性，學校教師倘若能善用學校的空間、社會場域，寫作教學的成效可以是這三種場域裡最有成效的。

第三節　非制式教育場域的寫作教學

所謂的非制式教育場域以廣泛的意義來說，是代表學校以外的教育體制，以比較宏觀的視野來看，「學校」並非唯一的學習場域，社會各地處處都是可學習的場域。由此可看出非制式教育場域的範圍相當大，在本節與本章第四節所要提出的作文班、補習班的寫作教學，雖然只是非制式場域中的一小部分，但卻可說是寫作教學的第二教場。

本節所要論述的非制式場域指的是「作文班」，在本書裡所稱的「作文班」是指國小學童在校外學寫作文的場所，目前坊間的作文班的名稱、教材教法、經營模式……等都各有其特色。卿美玉（2005）〈坊間作文面面觀〉一文中以作文班的不同經營模式，將坊間的作文班分成四大類型。現在予以撮述並加舉證：

第一類是媒體、教育機構所成立的作文班：規模較大的作文才藝班，在臺灣最著名、也最具歷史的首推老字號的國語日報社，多年來對於傳統人文的推廣與傳承不遺餘力，其課程內容豐富，依學生年段有不同的教材設計，在國語日報社網站中的〈認識寫作教室〉

清楚的介紹他們的課程特色。例如，對剛上一年級的學生，念兒歌是一件有趣的事，課程的安排正是從活潑的念兒歌活動中，培養小朋友的文學興趣；接下來則開設了「童詩班」，更進一步引領兒童跨入寫作的大門。而針對二年級以上的學生，舉凡文體的介紹、寫作技巧的指導，都依學生的學習經驗、生活體驗的不同，作加深加廣的練習；尤其注意配合社會的脈動、潮流的趨勢，進行新穎生動的寫作指導練習。除此之外，還開設了「演說及說故事」以動態的方式來口述作文。（國語日報社，2008）而隨著作文日漸受到重視，坊間的作文班也不斷注入新血，如原本以教科書編纂為核心的康軒文教，在 2005 年就以「作文好小子」學習教室的型態切入；另外，本業原為媒體的《中國時報》，也開始與升學文理補習班合作推展「中時作文教室」。此類作文班可依年齡、程度選擇上基礎班、進階班、資優班等課程，每期三個月，一週一堂課，共計 12 堂，每堂課時間普通班為 120 分鐘，資優班為 150 分鐘。

　　第二類型是作家、文字工作者所成立的作文班：如朱天衣寫作教室、張曼娟小學堂；另外，還有報導文學作家陳銘磻、曾任《國文天地》編輯的黃秋芳……等，這類型的寫作班，規模都不大，開課班級數較少，由於老師本身就是持續筆耕不輟的創作者，在指導與示範上往往更能以身教來影響學生，他們在教學上在乎的是：啟發孩子的想像力，著重孩子對情感的觸動，訓練敏銳的觀察力，以及如何將文學之美體現於作品的題材、文字技巧或章法結構中。平均而言，此類作文班每堂課約 60～90 分鐘。

　　第三類型是才藝、安親兼而有之的作文班：此類作文班數量最多，此類才藝班開設多種才藝課程，較熱門的有數學、美語、美術、音樂或正音等，因為國中基測恢復加考作文，這幾年作文也成了才

　　藝班中的熱門課程之一。此類型也約為一期 12 堂課，每一堂課時間約為 90～120 分鐘。

　　第四種類型是連鎖式的加盟作文班：此類作文班針對兒童設計課程外，也著力於師資培訓，更有一套周詳精密的加盟法。師資經過為期 2～3 個月的培訓後，便派往其加盟的安親班任作文教師，爾後仍持續不斷地對老師作教學講習，研發教材之外，也不斷地創新教學模式。如此從自編教材到派遣教師都一手包辦的經營網絡，更延伸與凝聚其組織的勢力範圍。此類型較耳熟能詳者，包括走美術與寫作雙系統的牛耳文化教育機構，從臺中起家的「大紙張作文」，由名作家洪中周興辦的布穀鳥作文補習班等，此類作文班上課時數與才藝班相去不遠，也和第一類型的作文班一樣，時常舉辦語文或創作競賽，發行刊物以提供學童作品發表。

　　因為我曾任教於第一類型的作文班，對第一類型的教學較為熟悉，本節就以第一類型的作文班場域來作詳細的探討，並進一步與學校場域相比較二者之間的差別。與學校場域一樣先將作文班場域分成空間場域與社會場域兩大部分，第一部分空間場域又可分為：

1. 靜態資源方面：例如：教材、教具、櫃臺、教室、閱讀區、作品張貼區等。
2. 動態資源方面：例如：老師、學生等個體；作文班相關活動可再細分成教學活動、課程活動、作文比賽。

　　由資源面可看出學生到作文班最主要的學習場所就是教室，就空間場域來說，學校的動、靜態資源都比作文班豐富。例如，學校作文課的時間大約是兩堂課 80 分鐘，老師可用一節課帶學生到校園裡走走、看看，進行寫作的遊戲、討論或活動，下一節課再回到

教室完成一篇作文；在作文班則受限於作文班的空間及教學模式，絕大多數得在教室排排坐上課，要到不同的空間場域就得走出作文班，而基於交通、收費、學生安全考量等問題，要實施並不容易。作家陳銘磻則認為寫作的精采度，和「體驗」很有關係，所以在他的作文班他堅持每學期都要安排一到兩次的課外教學，特別是到尖石鄉的「那羅文學屋」上課。那裡山靈水秀，是啟發陳銘磻的美麗夢土。（引自李蓓潔，2007b：141）

　　另一方面，在靜態資源的教材上，學校因為受制於課程，寫作的安排往往與國語課程相結合。比如，這一課教的是遊記，那麼學校可能就會配合課程讓學生寫遊記類的文章，學校對於寫作的規定大概是一學期要寫四～六篇作文，所以老師通常會從課程中去挑選這學期要教的文體，再來進行寫作。作文班則不然，每個課程一期三個月，每週上一堂課，每堂課大約120分鐘，共計有12堂課，這12堂課中，最少要完成10篇作文，其餘兩堂是補充語文相關知識。在這樣的課程安排下，作文班大部分會有一套屬於自己的教材，較具規模的是由作文班統一籌畫、彙編；有些則是作文教師自行編寫教材，各班會因為教師不同，教材而有所不同。但統括來說，作文班在教材的編寫上比學校更有彈性也更具系統性，作文班通常會依年齡、程度、班別會有不同的教材，而在課程的安排上，前一小時老師會進行教學或寫作引導，後一小時為寫作時間，寫作時間比學校充裕，因為作文班強調的就是要學生「寫」，文章一定要在課堂內完成，透過一系列有系統的教材，循序漸進的增強學生的寫作知識及能力。

　　在社會場域方面，與前一節所敘述的場域內涵來看，第一在師生互動方面，作文班的師生關係較為薄弱，教室內座椅的擺設也大

多是排排坐的方式，鮮少有分組坐的情形，上課大部分是老師講述，學生聽講，互動情形較少；到第二節學生實際寫作，學生有問題就發問，師生之間的默契與學校相比是比較不足的。第二在同儕關係上，作文班通常採小班制，一班最多 15 個人，學生來源不固定、流動率高，作文班裡又少有分組活動或討論的機會，所以同儕關係是比較淡薄的，這樣的班級氣氛，是可以用心去營造的，讓學生彼此熟悉，多給討論的機會，同儕之間的關係也會有更好的發展，對寫作也會有更好的影響。第三是權力配置，作文班的師資來源比較多元、不固定、流動率也高，也由於是付費的自由市場機制下的教育場域，老師和學生的權力關係就與學校的不同，有很兩極的表現：首先是學生根本不尊敬老師，因為作文班老師沒有體制內所賦予的管教權，所以大部分作文班都以獎勵增強的方式來激勵學生寫作；其次是老師為了逼出成績而採高壓統治，但卻造成師生之間的緊張氣氛，在作文班的權力關係，也是影響寫作的一大因素。第四是環境影響，作文班的整體環境較學校來得小，最主要的學習場所就是教室，教室的環境、擺設每一班別都大同小異，因為是小班教學，所以教室的空間並不大；也因為教室是各班別共同使用的，因此也無法作教學相關的情境布置。雖然如此，倘若老師可以改善這樣的場域特性的限制，從寫作的情境著手，營造良好的寫作情境，教室的大小就不是問題了。第五是班級經營：和學校場域一樣，作文班的班級經營都只是一種手段，管理好班級，可以讓教學更有成效，但在作文班裡老師和學生相處的時間並不長，每週只有短短的兩個小時，所以在作文班的班級管理上，比較著重於學生上課時的學習態度以及親師關係上。當中學生學習的情形與家長的溝

通對作文班來說是很重要的，畢竟是否來上作文課的選擇權還是在家長。

作文班在社會場域的內涵上，和學校相比，似乎都處於劣勢，其實並不然，倘若作文班可以善用既有的場域特性，也能發揮良好的寫作效果。例如，在班級經營上，有許多作文班都會開闢一個可以分享作品的場域，有些是在班內的公布欄；有些則是將學生作品張貼在網路上，讓學生有成就感，也讓學生具有讀者意識，不會認為寫作只是要寫給老師看，讀者只有老師一個人，使同學感受到寫作具有與社會互動的真實意義。作品有人欣賞且樂於與人分享，這也是激勵學生寫作動機的一項好方法，同時也能讓家長看到小孩的學習成果，增進親師關係。

第四節　補教場域的寫作教學

本節所指稱的補教場域是針對國、高中的作文補習班，它也是屬於非制式場域中的一部分，與上一節作文班場域的區別在於上課的對象不同，目的也不同。作文班指的是國小學生，補教場域指的是國中或高中的學生；作文班主要在培養學生的基本寫作能力與興趣，補教場域主要在應付升學考試。以下的論述簡稱為補習班，與上一節的作文班有所區隔。

相信很多人都曾有過補習的經驗，我也不例外，有關本節的論述，受限於我曾經是補習班的學生，而不是補習班的老師，所以相關的資料來源，絕大部分來自於書刊及網路上報導的二手資料，少

部分是觀察現任補習班教師的教學情形，藉由這些資料進而分析補教場域和寫作教學的關係。

我們都知道臺灣仍然是個重視文憑，考試領導教學的社會，在考試主導的教育系統內，教育目標似乎偏向於如何在最短的時間內把相關可用的知識灌輸在學生的腦袋之內，學生得到的是「知識的紀錄」而非「知識」──這二者是有很大的差別的。這幾年來因為國中基測加考作文，這讓坊間的國、高中補習班紛紛設立了寫作班，以搶食這塊作文潮流的大餅。但補習班與學校的角色及功能畢竟有所不同，補習班多半目標明確，就是為了考試、升學。在李佩芬（2007b）〈作文補習班怎麼教？教什麼？〉一文中提到目前補習班的教學現況，分成三種現況來作說明：

一、繪本主題單元與彈性多元教材

在自由競爭的市場中，多品牌往往造就了差異性，作文教學市場也不例外。

若與學校授課時間少得可憐的作文教學相比，民間的作文補習班在教材與教具的豐富度，彈性個人化的教材，強調聽說讀寫，以及鼓勵發表的管道等，都費了一番心思。像以繪本的圖像式主教材，取代過去重點式的「講義」，成為許多作文品牌著墨的重點。如康軒在主教材中，每一單元都會以主角與故事串連，讓小朋友能跟著故事主角經歷不同的事件和場景，充實單調的生活經驗。有別於一般裝訂成冊的作文教材，牛耳文化是以活頁檔案來裝訂，不論學生程度高低，老師都能隨時插入補充或補強教材。

二、多元教學啟發與實際寫作演練

　　隨著九年一貫課程強調活潑、創意，現今坊間的作文補習班的上課方式也普遍多元。然而，在作文的教學中，光有第一段的多元創意教學活動絕對不夠，更重要的是第二段「老師指導孩子怎麼寫的過程」。閱讀學堂執行長葛琦霞認為：「要提升作文能力，一定要親自從『寫』中去練習如何寫。」因此在孩童寫作時間，她一定來回走在孩子的座位間，一發現學生有停頓、茫然的眼神出現，立刻過去指導。

三、培養專注力與思維邏輯建構

　　除此之外，在作文課加入其他課程，如全腦潛能開發、注意力集中或記憶術等課程或理論基礎，也成為部分作文品牌的差異和特色。例如，多數補習班的課程是以 90 分鐘為單位，中時作文教室則是 110 分鐘。中時作文教室董事長徐美媛解釋說：「前二十分鐘，我們訓練孩子的專注力。」透過與艾爾發文教機構合作，導入專注力課程與師資的培訓，例如透過音樂，讓孩子閉起眼睛學習靜心；或採用幻燈片方式打出圖像，訓練孩子開發聯想創造力，之後才進行正式寫作課。

　　上述的這三種現況有些指的是國小部分的作文班教學，在國、高中的部分則以牛耳文化及中時作文教室的教學現況較為接近，這兩家具有規模的加盟式的補習班，不論是教材或教法都有其特色，也讓我們發現目前補習班的教學現況有了新的轉變。

　　另外，還有一種現象是在坊間補習班常見到的，就是以考試升學為目標的教學。例如，在嘉義非常有名的補教名師陳榮基老師的

作文教學中心，目前也是屬於加盟式的作文補習班，其課程設計都是以升學考試為主要導向，先分析考試的趨勢，再針對考試趨勢來設計教材，他首創「山型四段」寫法（如下圖）：

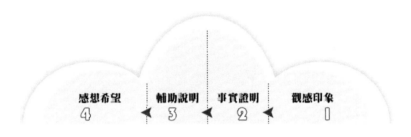

感想希望　輔助說明　事實證明　觀感印象
　　4　　　　3　　　　2　　　　1

圖 5-4-1　山型四段寫作方法圖（陳榮基，2008）

　　二十年來在高中聯考、大學聯考，都贏得了輝煌的戰果。該寫作中心每一期的課程國中組是 30 單元，高中組分成一般和狀元班，一般是 30 單元，狀元班是 50 單元，每週上課一單元，每期完成後都有鑑定測試，堂數比一般的作文班要來得多，主要的因素是這類型的補習班著重於自己的一套教材教法，一系列的教材及課程，方能讓學習更完整；另外還有多家補習班都是以類似的教學模式，絕大部分是由老師指導學生寫作的技巧和方法，讓學生知道如何寫出完整的文章，快速進入寫作的領域，寫作題目也大都是歷屆升高中暨升大學的作文考題或是類似文體的練習，每期上課約在 18～36 堂課左右，堂數都較作文班多，每堂課時間約為 90 分鐘。本書所要論述的補教場域偏向於此種類型的補習班，一樣由空間場域與社會場域來看，因為補教場域與上一節所論述的作文班都是屬

於非制式教育場域，所以在場域的特性上有比較多的相同部分，在此處就略過不再贅述，它們的不同之處先從空間場域來看：

1. 教材：教材更加深加廣，並以考試升學的考題趨勢為編纂的重點。
2. 動、靜態資源更缺乏：跟作文班一樣，補習班學生最主要的學習場所是教室，但補習班大多不可能是小班制，有些大班甚至到百人之多，作文班偶而還能帶學生到教室之外的場域寫作，補習班這種可能性卻又更低了。

　　再來以社會場域的不同特點來看，第一師生互動方面，班級人數多以及大多是單向的教學方式，老師教學生聽，師生的互動又更少；第二同儕關係，課程的堂數較多，學生比較容易彼此熟識，但也因為缺乏小組討論、同儕互評的寫作方式，同儕所能發揮的影響力也是比較有限的；第三權力配置，補習班老師通常比較具有權威，此權威是以專業權威為主，以教師的專業取得學生的信服；第四環境影響，大班制的教學，擁擠的空間環境，有時會讓人備感壓力，一般補習班的教室裡的教室布置，常見一些精神標語，可以適當的利用空間做個布置上的改變，讓學生可以在輕鬆自在的環境下寫作；第五班級經營，補習班通常都會另外聘請一位導師，上課時導師就在後面，任教的教師只負責教學，並不負責班上的事務。

　　由上述的場域內涵來看，可以發現補教場域可利用的資源似乎又更少了，學生只能在教室裡上課，學生、家長和補習班經營人之間交互產生的微妙關係也會影響到整個補習班的生態，補習班要求量的產出還要兼具質的提升，此時老師的教學策略就顯得更重要，有關教學策略的部分將在下一章節做詳細的論述。

第六章　創造性的場域寫作教學策略

第一節　創造性的場域寫作教學策略的策略性

　　「策略」一詞在教育部國語推行委員會（2008）《重編國語辭典修訂本》中的解釋是「計畫」（教育部 2008），在教育現場常聽到的是「教學策略」，照字面上的解釋是否就是指教學計畫，這個定義還有待商榷，以下列舉部分與本書有關的寫作教學策略及創意教學策略，以了解大家對教學策略的認知與作法，再進一步提出本書創造性的場域寫作教學策略的定義。

　　蔡雅泰（2006）〈從創作本質談作文教學策略〉一文中提出三大項可行且有效的作文教學策略：第一是感官觸發法：此法是教師在實施作文教學時，引導學生使用其五種感官經驗（視覺、聽覺、嗅覺、味覺及觸覺），去體驗生活周遭的多種事物，並把這種感受具體的描述出來，以激發學生創作的泉源。第二是圖片聯想法：此法又稱「看圖作文」，目的在利用圖畫來引起學生發表的興趣，激發學生的想像力。第三是創意思考法：此法又可分成六小項，分別是：一、類推比喻法；二、虛構情節法；三、巧思奇想法；四、角色想像法；五、假設想像法；六、屬性列舉法。在實施時，習慣以感官觸發的方式，來豐富學生的寫作內容，配合童詩及創造思考教

學策略，來擴展學生想像與表達的質與量，並結合課堂中的文法修辭、句型、文章結構賞析，建構完整的語文經驗。除此之外，配合國語科各單元主題，也可讓學生嘗試不同主題語文體的寫作，來提升學生作文能力。

童丹萍（2005）〈從寫作過程談寫作教學策略〉一文中說明寫作是「計畫」、「轉譯」和「回顧」三種活動隨時穿梭交替進行的歷程，倘若教師能在這些活動中運用一些策略教導學生，給予「過程性的協助」，將能協助學生或寫作能力較差者，解決在寫作歷程中所遭遇的困難，其提出的教學策略有：一、題目的選定：目前九年一貫課程的實行，作文不再單獨設科，在教法上，不再設限於命題作文的方式，題目的決定權將由教師轉移至學生身上，較好的題目是根據學生已有的經驗和知識來命題；二、運用討論方式；三、教導文體結構：由於九年一貫課程的推行，聽、說、讀、寫已融入語文學習領域，因此教師應盡可能運用課文內容作範文閱讀，除教導文體結構知識外，讓學生練習仿作，使讀寫結合；四、減少寫作基本技能的負荷；五、提供線索或提示：教師倘若能在口頭上鼓勵多寫、要求學生先寫下所有聯想到的字、詞，甚至可以提供句首用語，將有助於學生產生較多的文章內容。

林英琴（2005）《情境引導作文教學之行動研究》碩士論文中，提及到該研究所利用的情境引導教學的策略有三大項：第一是注重文章的源頭：該研究的教學策略首重情境設計，希望藉由自然（逼真）情境的引導，觸動學生思路而有寫作的慾望；第二是豐富文章的內容：經由情境營造的感染，親身參與體驗後，由衷的想要抒發情感有話要說、要寫，則文章的內容必定豐富；第三是捕捉文章的靈感：該研究以劉毅主編語文教改新趨勢中對聯想和想像的訓練為

參考點，從對事物的相似、接近、追憶、因果、連鎖、推測聯想訓練做起，融入平時的教學課程中。

　　以上約略的舉了三種與本書較為相關的寫作教學策略，第一種教學策略著重在教學方法的使用上，運用適當的教學方法，可以使教學成效事半功倍；第二種教學策略著重在於寫作過程問題的排解與協助，使寫作得以順利持續下去；第三是著重於情境的引導，豐富學生的創作靈感。而由上述的內容也可發現，該教學策略的應用最主要的場域在學校，因為文中提到九年一貫課程以及與語文課程可作相關的連結，足以證明這在學校場域是較為適合的。再來從本書的另一個重點──創造性來看，舉一些有關創意教學策略的例子來說明。

　　張家綺（2008）〈教學魔術師──創意教學之實務應用〉一文中提到一個相當重要的創意教學策略，就是「多重刺激──多重編碼策略的應用」，此種策略是指：在學習時應按材料的性質予以多重編碼，再加上老師的一些創意巧思，在教學時如果能善用視覺、聲音和肢體，將對學生產生非常奇妙的作用。文中並再細分成三個策略來介紹說明。第一是學習材料的視覺變化和實察活動：學習材料中，有些無法以實體呈現。張世忠指出，透過顏色、影像和形狀等視覺效果的變化，如：在學習材料中增加圖形、變化字體與加進空格、符號與標示等等，可以激起學生的興趣，及區分意念、引導注意和提升記憶的量。倘若是可以做實察活動，那麼百聞不如一見，可以讓學生實地觀察領會。（引自張家綺，2008）第二是增加音感接觸，提升聽覺敏覺力：張世忠指出，教師可以挑選和課文內容相關的音樂，或為某單元或課程選擇出事和學習心情或氣氛的音樂，喚起學生的舊經驗，或是提示等會兒要進行的課程

內容。(引自張家綺,2008)第三是角色扮演——揣摩體會人物心境:張世忠認為角色扮演是讓學生將生活片段或是人物、教材有關的主題以趣味性手法表現出來,使演出者有機會了解所扮演角色的性格與特徵,有助於學生對情境問題的解決。(引自張家綺,2008)

王派仁(2004)〈創造思考教學策略運用於童話寫作指導之理論與實例〉一文中提及童話寫作教學策略有劉秋雲以資優生為對象,提出的童話創作的四種教學策略:童話接續;課文仿寫;配合校外教學及自由創作。另外,最主要的是以林建平所指出的三種語文創造思考教學策略,分別是:「比喻類推的語文創造思考教學策略」、「語意的擴散思考教學策略」及「聽寫說的語文創造思考教學策略」(引自王派仁,2004);另外又歸納出創意寫作的十九種教學方法(同上)(詳見本書第二章第二節)。

從上述的寫作及創意教學策略中可以發現,「教學策略」有些強調的是教師能引起學生學習興趣的教學方法,例如:計畫教學、決定目標、選擇方法、利用媒體及收集教材等;另一種教學策略指的是循序性的安排教學活動,主要目的是讓教師教學達到高效能,使學生的學習能夠積極參與,以達到教學的重要目標。

本書的教學策略結合上述二者,並簡單的以下頁圖 6-1-1 來表示。

作這種層次性的安排,最上層是本書的教學理念,以創造性的場域寫作教學為主要的核心,不偏離目標與主題,再以循序性的教學活動安排,提供三種語文經驗(知識、規範、審美性)的創意作品為教材,使學生的創作有方向可循;再進一步與場域概念相結合,依各場域不同的特性,選擇適合、有趣的教學方法,真正落實

到各場域教學。本書的教學策略又可藉由落實到場域的實際實施情形來作回饋與修正，具有循環性，可以藉由回饋、發現問題、實施的成效來重新檢視教學活動的成功與否。

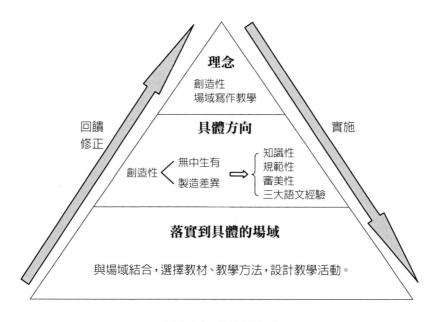

圖 6-1-1　教學策略圖

　　本書的教學策略可說是一個循環的教學模式，其中教學方法的選擇會和目前所常用的創意寫作教學法相結合；而教學策略的策略性與其他寫作教學不同之處主要是顯現在三大方面：

1. 創造性與場域相結合：教材、教學活動的調整具有彈性及依據，更能發揮教學效果。

2. 創造性具體明確：以無中生有及製造差異來判斷作品是否具有創造性，有別於他人的創造觀。

3. 教學使用的範文教材以及學生的創造性寫作都可以具體的藉由知識性、規範性、審美性三大語文經驗來表現。

相關的教學策略使用及教學活動設計將在本章的第二、三、四節作較為詳細的論述。

第二節　各場域抒情文的創造性寫作教學策略

本節所要論述的是各場域抒情文的創造性寫作教學策略。在本書第四章的作品選擇上以敘事性的文體居多，其中又以故事類的佔大多數，吳英長在〈怎樣跟小朋友講故事〉一文中提到故事對兒童至少有下列六種功用：一、引發小朋友上課的興趣；二、消除師生間的距離；三、激發兒童的想像力；四、增加語言文字的欣賞力；五、促進兒童對社會的適應；六、矯正兒童的異常行為。（吳英長老師紀念文集編委會，2007：117-126）基於上述的六項功用以及為了達到三者規範（知識性、規範性、審美性）兼具與論述的方便，所以作這樣的安排與選擇。

本節及第三、四節則分別選擇不同的文體配合各場域的特性來進行創造性的寫作教學。在此節所選擇的文體是抒情文，並在抒情文中再選出童詩以及抒情散文各一篇（詳見第四章第二節的圖4-2-2）。主要選擇這兩種文體的原因有兩點：一、詩的語言精鍊，同屬於抒情式的歌謠、童謠訴諸於聽覺，比較淺白；不像詩用字精

鍊，表義婉轉。二、選了一篇童詩，為了避免重複，所以另外選一篇抒情散文。

在本書的教學策略中提到不同的場域選擇不同的教材或者是相同的教材，但是在不同的場域就有不同的詮釋與運作。例如：本節所舉的童詩只用在學校與作文班；國、高中的部分，還是可以選入教材但是因為考試不考童詩，所以基本上補習班是很少教童詩的。由此可看出不同的場域，教材的選用就有分別。另外，抒情散文可說是三個場域都會學習、接觸到，所以在此選擇跟三種場域都可以使用的一篇教材，再針對三種不同的場域作相異的詮釋與運作。

在此為求更清楚的論述，所以將上一節圖 6-1-1 再加以細分，以底下的流程圖表示。在此流程圖中，清楚的區分出本書所提的三種教學策略，而在策略一的部分，寫作的理念與寫作的方向（知識性、規範性、審美性）是各場域所共通的；有時策略二也會有小部分的相同，小部分的相同指的是範文的選用可能是同一篇，但是考慮場域的特性也會有不同的運作方式；策略三則是本節的重點所在，在這教學活動的設計，為求清楚明瞭，另外以表格統整的方式來說明教學的步驟並整理出各場域教學活動的異同之處。此教學策略以下頁圖 6-2-1 表示。

在此先舉一篇童詩的教學為例，施行於學校及作文班場域，分成三大策略來說明：

1. 策略一：設計理念。
2. 策略二：教材分析。
3. 策略三：教學活動。

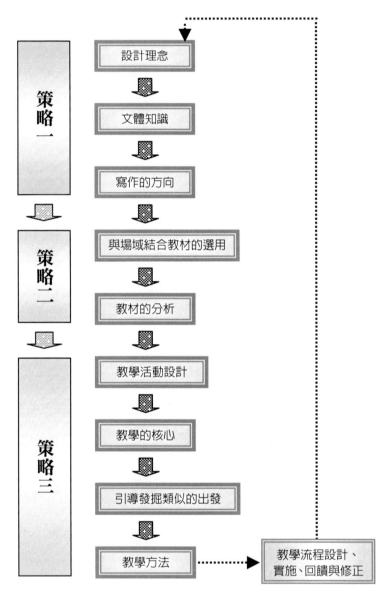

圖 6-2-1　教學流程圖

陳正治（2008）〈作文教學法介紹與探討〉一文中將教學法大致分成以下幾種：

1. 國內常提到的作文教學法：共作法、助作法、自作法等。

2. 國外常提到的作文教學法：講述法、自然過程法、環境法、個別化法等。

3. 依據目前作文出題方向及教師選擇的施教角度，再分為以下三類：

   (1) 考評式作文教學：限制式作文教學法、命題作文教學法。

   (2) 成果導向式教學：聽寫作文教學法、看圖作文教學法、圖解作文教學法、接寫作文、補寫作文、閱讀寫作、觀察討論、縮寫、擴寫、強力組合、各種文體寫作教學法、仿作作文教學法、五感作文教學法、改寫作文教學法、編序作文教學法等。

   (3) 過程導向式教學：寫作過程教學法。

　　因為教學方法眾多，配合場域特性來選擇，在策略三的教學活動中，大致上選擇常見以及在特定場域效果較好的教學法，礙於時間及能力的限制無法一一羅列。

一、各場域抒情文／童詩的創造性寫作教學

（一）策略一：設計理念

表 6-2-1　各場域抒情文／童詩的創造性寫作教學策略一

設計理念	寫作教學結合場域的概念，並利用範文的分析結果來引導學生寫出創造性的作品。
文體知識	抒情性的文章是藉所抒情（為思想情感的提領）而跟讀者對話，以便獲得讀者的直接同情或共感，而逐行寫作者的權力慾望（它可以再細分成歌謠、童詩、抒情散文等）（詳見第四章第二節的圖 4-2-2），而它在教學上，可以以下列的規範為依據： **整體呈現** 退‧奇情／深情（含向而意象的安置、韻上求律的經營等）提其‧反義語／矛盾語升次‧形式變化 圖 6-2-2　抒情性文體架構圖（周慶華，2008a：134） 「意象的安置和韻律的經營」是普遍律；而在高標上得有「奇情」或「深情」的蘊涵和在低標上陌生化語言（用反義語或矛盾語）或變化形式（以便有可以讓人玩味的餘地）；如果可能的話兼容並蓄上述這種種成分，那麼就算是最為圓滿或特能表現了。（周慶華，2008a：134）
寫作方向	● 創造性──無中生有與製造差異。 ● 創造性寫作方向：知識性無中生有與製造差異。 　　　　　　　　　規範性無中生有與製造差異。 　　　　　　　　　審美性無中生有與製造差異。

（二）策略二：教材分析

表 6-2-2 各場域抒情文／童詩的創造性寫作教學策略二

教材選用	考慮場域性。因補習班不教童詩，此篇教材僅適用於學校及作文班場域。
教材內容	公雞（林良） 公雞不管別人睏不睏， 只要自己醒了， 就不許大家再睡。 （林煥彰編，1980：37）
教材分析	● 創造性顯現：以公雞來象徵自私的人，用意象來表徵而不直接說，此種的象徵無前例可循，創造性的顯現屬於「無中生有」的創意作品。 ● 語文經驗：此篇作品主要是以我們對公雞的認知為基礎，來進行想像、創作，將早晨的雞啼，暗諷成自私的人，此屬於知識性的語文經驗，將舊有的認知轉化，獲得新的意象。另外，除了知識性的語文經驗，還帶有部分的審美性，在第四章第四節中的審美對象圖中，可以清楚的將它定位在優美的審美性，主要的原因是文中對自私的不滿表現得不慍不火。

（三）策略三：教學活動

　　策略三的部分，先介紹教學的核心及教師引導的重點，搭配常見、適合的教學法設計教學活動流程，再明列出不同場域所適合的教學活動，將學校及作文班場域教學活動的異同作一比較。

教學核心	引導創新意象。
引導發掘類似的出發點	引導學生在知識性的語文經驗中選取一個意象，再將此意象與象徵意義相結合。

（四）各場域童詩教學策略一覽表

表 6-2-3　各場域抒情文／童詩的創造性寫作教學策略三

教學方法	教學流程	教學場域		
		學校	作文班	補習班
仿作法	使用教材說明文體結構和寫作策略。 ↓ 介紹此篇作品創造性寫作的方向。 ↓ 引導學生思考生活中人、事、物意象的象徵義，進行其它類似的童詩賞析，引導學生更多的思考方向，如〈遊戲〉： 遊戲（詹冰） 「小弟弟，我們來遊戲。 姊姊當老師，你當學生。」 「姊姊，那麼，小妹妹呢？」 「小妹妹太小了，她什麼也不會做。 我看──讓她當校長算了。」 （林煥彰編，1980：82） ↓ 選擇一個意象與象徵意義相結合。 ↓ 教師供題或自行訂題，進行寫作。	◎	◎	×
討論法	教師以此篇教材說明文體結構和寫作策略。 ⇩ 指導學生確定創造性寫作的方向。 ⇩ 小組討論，分享相關的語文經驗。 ⇩ 組織大家所構思、口述的重點。	◎	△	×

討論法	⇩ 可進行小組創作或個人創作。 教師供題或自行訂題。	◎	△	×
觀察法	教師以此篇教材說明文體結構和寫作策略。 ↓ 指導學生確定創造性寫作的方向。 ↓ 帶領學生至校園實地進行觀察。 ↓ 大略寫下觀察的情形，回教室進行分享。 ↓ 教師供題或自行訂題，進行寫作。 倘若時間不夠，創作可延後或回家完成。	◎	×	×
探究法	教師以此篇教材說明文體結構和寫作策略。 ⇩ 指導學生確定創造性寫作的方向。 ⇩ 分派任務給學生探究教室裡的事物。 ⇩ 思考哪些事物可與哪些象徵意義作聯結。 ⇩ 教師供題或自行訂題，進行寫作。	◎	△	×
影片欣賞與課程作結合	配合課程文體知識的介紹。 ↓ 指導學生確定創造性寫作的方向。 ↓ 播放與課文、教材相關的影片。 ↓ 組織從影片中所觀察到的寫作材料。 ↓ 教師供題或自行訂題，進行寫作。	◎	×	×

符號說明：◎適合；△勉強適合；×比較不適合

　　由上列的表 6-2-3 可以清楚明瞭此五種教學活動都適用於學校
場域。作文班適用的是仿作法的教學活動；勉強適用的是討論法和
探究法，原因是作文班普遍是小班制教學，同儕之間、師生互動默
契上也比較不足，用討論法實際收的效益有限。另外，作文班的教
室通常較為簡單，大部分只有課桌椅和黑板，讓學生實際去探究身
邊的事物作聯想，資源有限。至於觀察法以及影片欣賞也礙於環
境、設備、時間上的限制，在實施上比較困難、不便。

　　接下來再舉一篇抒情散文的教學為例，此篇三種場域都適用，
分成策略一、策略二及策略三來說明。

二、各場域抒情文／抒情散文的創造性寫作教學

（一）策略一：設計理念

　　與童詩教學相同。

（二）策略二：教材分析

表 6-2-4　各場域抒情文／抒情散文的創造性寫作教學策略二

教材 選用	考慮場域性。此篇文章較為淺顯，國小高年級及國、高中都可以閱讀，再者補習班也會教散文的寫法，所以這篇教材是三個場域都可以使用。
教材 內容	當一天爸爸（杜博譯） 　　夢寐以求的「爸爸」角色終於被我當上了。大家也許不相信：兒子怎能當爸爸？不信，我也要講給你聽。 　　早上，我爸居然真當上了「懶兒子」，都九點了還在床上睡覺。我名義上雖是「爸爸」，可還是怕爸爸打我！既然不能硬來，那就智取……想到一個絕妙的好主意，於是，大叫一聲：「啊！12點了，上班了！」

教材內容	現在都放假了，我只不過是嚇唬他罷了。還真靈。看！爸爸猛地一跳，蹦起來了！他驚慌地說：「啊！趕快給我褲子！」我暗自發笑：原來當「爸爸」這麼威風呀…… 　　不幸的是，爸爸起來是起來了，可馬上醒悟了，不緊不慢地穿著衣服。我本想，事不關己，高高掛起，可又想想，我可是「爸爸」我可是一家之主，有權也有責，我大吼一聲：「刷牙、洗臉，別磨蹭！這麼簡單的事就不要我多說了。」可爸爸還在那裡揉眼睛。「別揉，去洗臉！髒手會把眼睛揉壞的。」 　　我一會兒叫「吃飯」，一會兒喊「快點走」……看來，這爸爸真不那麼好當。 　　一天「爸爸」的生涯結束了，我的嘴都磨起了繭，口水滴水無存，但覺得形象不夠高大，因為爸爸幾次說我：「婆婆媽媽，嘮嘮叨叨。」這話似曾相似。原來我就曾經這麼說他…… 　　「你還當不當爸爸？」媽媽意味深長地問。 　　「當兒子多好，誰還當爸爸呀！」我決然地說。 　　是啊！當爸爸要起床早些；凡事要想在前頭；言行要十全十美，挑不出毛病。碰上我這樣調皮的孩子，凡事說三遍，不是婆婆也是婆婆了。我今天算是理解爸爸了。 （寫作天下編委會主編，2007：174-175）
教材分析	● 創造性顯現：以角色對調來體驗不同的生活模式，雖然生活中常會有角色互換的創意，但是因為每個人的體驗、認知不同，所以將此種的創造性歸屬於「無中生有」的創意作品。 ● 語文經驗：此篇作品主要是強調人際互動裡角色的互換，並且能在最後體會出當爸爸的不容易，心智得到了成長，屬於規範性的範疇。

（三）策略三：教學活動

　　策略三的部分，先介紹教學的核心及教師引導的重點，搭配常見、適合的教學法設計教學活動流程，再明列出不同場域所適合的教學活動，將三種場域教學活動的異同作一比較。

教學核心	引導體會角色互換的感覺。
引導發掘類似的出發點	可利用類似的出發點來進行教學活動，例如：師生角色互換、人和物（包含動、植物、人造物……等）的角色互換。

（四）各場域抒情散文教學策略一覽表

表 6-2-5　各場域抒情文／抒情散文的創造性寫作教學策略三

教學方法	教學流程	教學場域		
		學校	作文班	補習班
角色想像法	使用教材說明文體結構和寫作策略。 ↓ 介紹此篇作品創造性寫作的方向。 ↓ 讓學生設身處地去想像另一個不同的角色人物或動物，設想他們處在不同的角度可能會有的想法、觀念、思想或意見等。 ↓ 引導學生探索所想像的角色特色。 ↓ 自行訂題，進行寫作。	◎	◎	◎
角色扮演法	教師以此篇教材說明文體結構和寫作策略。 ⇩ 指導學生確定創造性寫作的方向。 ⇩ 讓學生扮演想互換的角色，親身體會模擬感覺，發下學習單作記錄。 ⇩ 發表感想，並整理至黑板上，共同分享。 ⇩ 教師供題或自行訂題，進行寫作。	◎	△	×

觀察法	老師以此篇教材說明文體結構和寫作策略。 ↓ 指導學生確定創造性寫作的方向。 ↓ 帶領學生至校園實地進行觀察人和物。 ↓ 大略寫下觀察的情形，回教室進行分享。 ↓ 仿造題目「當一天……」進行寫作。	◎	×	×
討論法	老師以此篇教材說明文體結構和寫作策略。 ⇩ 指導學生確定創造性寫作的方向。 ⇩ 腦力激盪，說出平時對人、物的觀察與想像。 ⇩ 組織大家所構思、口述的重點。 ⇩ 可進行小組創作或個人創作。 教師供題或自行訂題。	◎	◎	◎
探究法	老師以此篇教材說明文體結構和寫作策略。 ↓ 指導學生確定創造性寫作的方向。 ↓ 讓學生於課堂之前先行探究身邊的人或物。 ↓ 上課時將準備的材料發表、討論。 ↓ 教師供題或自行訂題，進行寫作。	◎	◎	△
影片欣賞與課程作結合	配合課程文體知識的介紹。 ⇩ 指導學生確定創造性寫作的方向。 ⇩ 播放有關現實環境中有角色互換情形的影片。	◎	×	×

| 影片欣賞與課程作結合 | ⇩
組織從影片中所觀察到的寫作材料。
⇩
教師供題或自行訂題，進行寫作。 | ◎ | × | × |

符號說明：◎適合；△勉強適合；×比較不適合

　　由上列的表 6-2-5 可以發現這六種教學活動都適用於學校場域。角色想像法適用於作文班及補習班的教學活動，因為想像無界線，經過適當的引導，在三種場域中都是可行性很高的；角色扮演法需要的時間比較長，一定要讓學生親身體驗才會有所感，例如：學校常常會結合母親節讓學生帶個大西瓜或氣球一整天，體會媽媽懷孕的辛苦；在作文班無法如此長時間的體驗，可以利用小組互相搭配角色，揣摩不同角色會有的反應行為，利用一堂課的時間演出、整理資料，另一堂課進行寫作。補習班場域比較限制及特別，採用討論法教學時可採用整班討論的方式，由教師將討論的結果彙整於黑板上，作為寫作的材料。

　　由以上這兩類抒情文的教學來看，教材及教學活動常常會受制於場域的特性，不過只要針對其特性來進行教學，了解場域、善用場域，對寫作教學是相當有幫助的。

第三節　各場域敘事文的創造性寫作教學策略

　　本節所要論述的是各場域敘事文的創造性寫作教學策略。在本書第四章的作品選擇上原本就以敘事性的文體居多，其中又以故事

類的佔大多數，所以在本節的教學活動就不再引用故事文體，轉以敘事散文、童話及少年小說這三類來作例示（詳見第四章第二節的圖 4-2-2）。其中敘事散文是學生比較熟悉的文體，適用於三種場域；而擬人且帶奇幻色彩的童話是小學生所喜愛的，因為考試不考所以這部分補習班場域是不考慮的。另外，不管是在學校、作文班或是補習班幾乎都不教少年小說。少年小說的引導較費時，一般補習班不會教，作文班倘若是以短篇的少年小說來進行教學或許還可行，在學校則是比較彈性並且可以藉由這種教學活動讓學生更認識、了解少年小說。在此並不要求學生要寫出一篇完整的少年小說，這對學生來說是有些困難度存在，教師可以斟酌學生的情況，來決定評量方式。可以採用共作法、接寫法，或簡單以學習單的方式讓學生了解少年小說所要具備的情節、人物、衝突、意外結局等基本要素；倘若再加入故事性（曲折／離奇／感人等）、寫實性、藝術性會讓整篇少年小說顯得更加完整，如此實施一段教學後再進行寫作，也可以間接提升學生閱讀少年小說的動力及興趣。

　　首先舉一篇敘事散文的教學為例，施行於三種場域，策略一是設計理念，策略二是教材分析，策略三則配合場域特性選擇適合的教學方法來設計教學活動。

一、各場域敘事文／敘事散文的創造性寫作教學

（一）策略一：設計理念

表 6-3-1　各場域敘事文／敘事散文的創造性寫作教學策略一

設計理念	寫作教學結合場域的概念，並利用範文的分析結果來引導學生寫出創造性的作品。
文體知識	敘事性文章是藉所敘事（蘊涵思想感情）而跟讀者對話，以便獲得讀者的間接同情或共感，而逐行寫作者的權力慾望（它可以再細分成敘事散文、童話、少年小說、傳說、戲劇等）（詳見第四章第二節的圖 4-2-2），它在教學上，可以以滿足故事性、寫實性和藝術性等要求的規範為依據： 一、故事性，是指使事件或主題達到它們最高的故事效率，而故事本身的基本成分是：曲折或離奇或感人。 二、寫實性，是指在虛構中能賦予真實感（包括對人性真實、對人生事件真實和對人生經驗真實等）。 三、藝術性，是指以多義或歧義激起讀者的美感，此外使某種因素（如敘述觀點、敘述方法和敘述結構等）新奇或陌生化也是同樣的作用。 （周慶華，2001：188-190）
寫作方向	● 創造性——無中生有與製造差異。 ● 創造性寫作方向：知識性無中生有與製造差異。 　　　　　　　　　規範性無中生有與製造差異。 　　　　　　　　　審美性無中生有與製造差異。

（二）策略二：教材分析

表 6-3-2　各場域敘事文／敘事散文的創造性寫作教學策略二

教材選用	考慮場域性。敘事是將事件或故事加以有效的組織而後透過比喻、象徵等藝術手法來呈現，常見於各場域的教學。
教材內容	報仇（該書未訂題目，在此暫訂為報仇） 　一位老乞丐獨自在山中挖隧道，已經挖了十年歲月。 有一天，一個年輕人……手上拿著一把亮晃晃的彎刀，一個跨步將它架在老乞丐的脖子上……

	年輕人……說：「十五年了，你以為躲到這深山裡，我就找不到了嗎？殺父之仇，不共戴天！現在，你還有什麼話要說？」
	老乞丐垂下頭，溫和地說：「我罪有應得，無話可說。但是，只求你一件事，請等我把隧道挖通後再殺我……」
	老乞丐語重心長地說：「當年，我殺了你的父親，你母親也因此而自殺。你母親死後，我深感罪孽深重、悔恨交加，立志要做一件大善事彌補我的罪孽。
	……人們來往，得從懸崖上經過，既費時費力又危險……我已經挖了十年，再過兩年就可以挖通了。」
	年輕人說：「這樣一來，我不是還要等兩年才能殺死你？」
	老乞丐說：「你已經等了十五年了，再等兩年又何妨？讓我做完了這件事，也是一件大功德啊！」年輕人想了想，同意了。
	老乞丐自知時日不多……渴了，喝口清泉；餓了，吃個野果；體力實在不支時，才去鎮上討點糧食。
教材 內容	漸漸地，年輕人對他的頑強意志產生了敬佩之情。他年輕力壯又閒著無事，就幫著老乞丐運土抬石。
	那天，他見老乞丐累得氣喘吁吁，就要接過鋤頭來挖土。老乞丐指著他的彎刀笑道：「君子善於利用器具，這把刀用來挖土也無不可。」
	年輕人一試果然能用，於是便以刀為鋤，幫著老乞丐挖土。
	有一天晚上，年輕人被一條毒蛇咬傷腳趾，昏迷不醒，老乞丐用嘴吸出毒血，敷上草藥，細心照顧他。兩天後，年輕人才醒過來，不解地問：「你為什麼不趁機殺了我？」
	老乞丐笑了：「殺了你，誰來為你父親報仇？」
	有了年輕人的幫助，隧道提前一年挖通了。老乞丐盤膝坐在洞口，微笑著閉上眼睛說：「動手吧！孩子，為你父親報仇的時間到了。」
	年輕人遲疑地舉起了彎刀，可是他的彎刀已經被磨成了一根沒有刀口的鐵條。年輕人突然扔下彎刀，伏地痛哭。
	……孩子，這一天你等了十六年，怎麼還不動手？
	「你是我的老師，學生怎麼能殺死自己的老師？」年輕人哭著說。
	（楚映天編著，2007：34-35）

教材分析	● 創造性顯現：此篇主要講的是包容，包容在日常生活中很常見，例如以德報怨，可能是因為某種因素而放棄報仇，但並不會心存感激；此篇復仇者最後受到老乞丐的感動，心存感激而放棄報仇，這就是整篇文章與其他文章不同之處，顯然是「製造差異」的創造性作品。 ● 語文經驗：「報仇」屬於人與人之間的互動及複雜的恩怨關係，主要是屬於規範性的範疇。另外附帶有部分的審美性，因為報仇原本是一件悲壯的事，但最後年輕人被老乞丐勇於面對過錯，並以行動彌補罪孽絕不逃避的決心所感動，不但幫忙挖通隧道還真誠地接納老乞丐，成為他人生的導師，此種從悲壯轉為崇高的審美性，屬於「審美性的無中生有」作品。

（三）策略三：教學活動

　　策略三的部分，先介紹教學的核心及教師引導的重點，搭配常見、適合的教學法設計教學活動流程，再明列出不同場域所適合的教學活動，將三種場域教學活動的異同作一比較。

教學核心	本教材的教學重點是「包容」。
引導發掘類似的出發點	教師引導學生討論一般常見的「包容」有哪些，又為了什麼原因而「包容」，以及如何去做到「包容」；也可以讓學生假想如果自己是那位復仇的年輕人，會如何去處理這十五年的殺父之仇。

（四）各場域敘事散文教學策略一覽表

表 6-3-3　各場域敘事文／敘事散文的創造性寫作教學策略三

教學方法	教學流程	教學場域		
		學校	作文班	補習班
討論法	教師藉由文體知識來引導學生探討此篇教材所展現出的故事性，含有曲折及感人的成分。	◎	◎	◎

討論法	↓ 介紹此篇作品創造性寫作的方向。 ↓ 喚起學生的舊經驗，回想周遭、閱讀過的書是否有類似的情形，結果如何。 ↓ 討論、分享；教師協助整理寫作材料於黑板上。 ↓ 教師供題或自行訂題，進行寫作。	◎	◎	◎
採訪法	教師藉由文體知識來引導學生探討此篇教材所展現出的故事性，含有曲折及感人的成分。 ↓ 指導學生確定創造性寫作的方向。 ↓ 教師指導討論某些人曾經經歷過類似的事件以採訪的方式進行，發下學習單或採訪記錄單，透過採訪來發覺生活周遭所發生的曲折或離奇或感人的故事，並以敘事散文的形式寫出。 ↓ 整理採訪資料。 ↓ 可進行小組創作或個人創作。 教師供題或自行訂題。	◎	△	×
影片欣賞與課程作結合	教師藉由文體知識來引導學生探討此篇教材所展現出的故事性，含有曲折及感人的成分。 ⇩ 指導學生確定創造性寫作的方向。 ⇩ 播放有關「包容」「報仇」等的影片。 ⇩ 討論、分享欣賞後的心得 ⇩ 教師供題或自行訂題，進行寫作。	◎	×	×

符號說明：◎適合；△勉強適合；×比較不適合

　　由上列的表 6-3-3 可以發現討論法適用於三種場域，但因為分組的形式不同，效果也跟著有所差別，學校裡的討論比較容易實施與進行；作文班人數較少、默契較不足，討論的熱絡度教師要能掌控及引導；補習班班級人數過多，大概只能由教師主導進行全班式的討論。採訪法最適合用於學校場域，學校的教職員、學生都比作文班、補習班要來得多，校內採訪的對象廣泛；作文班勉強可行，一方面礙於班內人員少，一方面礙於上課時間的限制，所以倘若要採用此方式，可以不限定作文班內的人員，而利用上課前訪問周遭有相關經驗的人，到作文班上課時再作討論、整理，進而寫作。但是這種方式在實施上還是有困難，因為作文班沒有什麼約束力，通常事先派發的任務或功課，認真去完成的學生不多，加上又有學校課業上的壓力，一般來說作文班是不會額外增加學生的課業負擔。

　　其次舉一篇童話的教學為例，施行於學校及作文班場域，策略一是設計理念，策略二是教材分析，策略三則配合場域特性選擇適合的教學方法來設計教學活動。

二、各場域敘事文／童話的創造性寫作教學

（一）策略一：設計理念

　　與敘事散文教學相同。

（二）策略二：教材分析

表6-3-4 各場域敘事文／童話的創造性寫作教學策略二

教材選用	考慮場域性。因考試不考，所以補習班不教童話，此篇教材適用於學校及作文班場域。
教材內容	**想死的老鼠** 　　這些天，我一直為自己該怎樣死而焦慮不安，我的身體極度不適，但我沒上醫院，因為前幾年有位算命先生告訴過我，我命絕今年，如果挨過了今年，還有幾百個日日夜夜。經過深思熟慮，我還是選擇上街讓人打死。 　　這些年，我愧對人類，把人們用血汗換來的糧食弄進我的黑洞溫柔鄉，我有十幾幢別墅，而且每一個都養著「小蜜」，我怕光，更不敢走在大街上，「老鼠上街，人人喊打」嘛，我現在終於認識到自己的錯誤，就讓我的死來向人們賠罪吧…… 　　一個小時、兩個小時過去了，可是沒有人喊打，連看都沒有人看我一眼…… 　　我擋住了一個花枝招展的小姐，我想讓他大喊大叫，讓那些「英雄救美」的人把我打死，我摟著她的腰說：「我要非禮妳！」 　　那小姐不但沒有喊，還報我一個媚眼說：「看你這派頭，不是大款就是大官，我傍你。」 　　往日聽起來甜蜜的話，今日聽到如此刺耳，我丟開她，抱頭鼠竄，我想這就是她的期望吧！ 　　我跑遠了，她還在不停地問「電話多少」…… 　　對面向我走來位老太婆，我想她年齡大，社會閱歷豐富，一定能認出我是一隻「老鼠」。 　　……我忙抓住她的袖子說：「難道妳認不出我是隻老鼠嗎？」 　　「你是『老鼠』與我有什麼關係？現在街上賊眉鼠眼的人多著呢！別煩我……」她袖子一甩……飛一般地走了。 　　怪哉！怪哉！是我的認識錯了？還是他們另有期望？ 　　突然，我眼睛一亮，對！警察有槍，像花生米那樣，只要一飛過來就行了。 　　我來到一個警察面前說：「警察同志，我是一隻老鼠，你用槍把我

教材內容	打死吧!」那警察見了我,「啪」的一聲就立正了,「局長好!」 　「我不是局長,我是老鼠。」 　「你是局長,兩年前你還同我們王局長一起吃飯。」 　「你們王局長也是一隻老鼠。」 　「你們怎麼是老鼠?你們是老鼠,那我們就是老鼠的兒子、孫子,以後請你在王局長那裡多替我說說話,我的名字叫『向上官』,電話5188(我要發發)。」 　我慢慢走在大街上,心裡亂到極點,這個社會是怎麼了?怎麼我的認識與他們的期望相差那麼大? 　我仰天長歎:「誰來殺死我這隻想死的老鼠。」 　　　　　　　　　　　　　　　　　　　(大陸新聞中心／臺北報導)
教材分析	● 創造性顯現:本文構思新穎,視角獨特,以老鼠為「自我認識」的主體,顯示人們期望的錯位,諷刺了人們是非顛倒,將反常視為正常的麻木心態和不良世風,並以鼠輩來象徵高階主管的負面形象,和我們一般使用的負面形容詞如:冷血動物、大魔頭、豬頭……等有所不同,此為製造差異的創造性作品。 ● 語文經驗:主要是屬於知識性語文經驗的展現,閱讀這篇文章,提供我們一個新的視野,表面上看似正派、崇高的人物,背後可能都有些不可告人的醜惡行為。此篇還附帶有審美性,運用擬人手法寫出人物的滑稽(想找人殺了自己),形成了一種造象美中的滑稽作品(詳見第四章第四節的圖4-4-1),並且從原本崇高的地位變成滑稽可笑的諷刺,此種大的轉變,將其歸屬於「審美性的無中生有」的創意作品。

(三)策略三:教學活動

　　策略三的部分,先介紹教學的核心及教師引導的重點,搭配常見、適合的教學法設計教學活動流程,再明列出不同場域所適合的教學活動,將學校及作文班場域教學活動的異同作一比較。

教學核心	諷刺現實中的高階主管就像鼠輩一樣偷偷摸摸的作壞事，為了利益生存顛倒是非。
引導發掘類似的出發點	引導學生在知識性的語文經驗中選取一個意象，再將此意象與象徵意義相結合，並且配合文體特性，加入童話應有的擬人且帶奇幻色彩的虛構故事，配合想像力的訓練。

（四）各場域童話教學策略一覽表

表 6-3-5　各場域敘事文／童話的創造性寫作教學策略三

教學方法	教學流程	教學場域		
		學校	作文班	補習班
討論法	教師藉由文體知識來引導學生探討此篇教材所展現出的故事性，含有曲折及離奇的成分。 ⬇ 介紹此篇作品創造性寫作的方向。 ⬇ 討論哪些事物可與哪些象徵意義作聯結。 ⬇ 選擇一個意象作情節、故事性的擴展，例如此篇的老鼠→高階主管。 ⬇ 教師供題或自行訂題，進行寫作。	◎	◎	×
看圖說故事	教師藉由文體知識來引導學生探討此篇教材所展現出的故事性，含有曲折及離奇的成分。 ⬇ 指導學生確定創造性寫作的方向。 ⬇ 教師提供多張圖片，利用六 W（when、where、who、what、why、how）來引導學生想像一個完整的童話故事內容。	◎	◎	×

看圖 說故事	⇩ 概覽全部圖片後，接著針對各單幅圖片逐一發表想法，再將全部圖片所要表達的意思是說一遍，組織結果並且和童話文體結合。 ⇩ 教師供題或自行訂題，進行寫作。	◎	◎	×
角色 扮演法	教師藉由文體知識來引導學生探討此篇教材所展現出的故事性，含有曲折及離奇的成分。 ⬇ 指導學生確定創造性寫作的方向。 ⬇ 讓學生扮演童話中的角色，以演戲的方式呈現，提供多方面的刺激，讓學生對此篇童話有更深一層的感覺。。 ⬇ 發表感想，並整理至黑板上，共同分享。 ⬇ 可以小組或個人進行童話的改編或創作。教師供題或自行訂題	◎	△	×
訪問法	教師藉由文體知識來引導學生探討此篇教材所展現出的故事性，含有曲折及離奇的成分。 ⇩ 指導學生確定創造性寫作的方向。 ⇩ 訪問校園裡內的動植物、石頭、礦物、風、水……等。 ⇩ 結合童話的擬人及奇幻的特性，將訪問結果虛構成一篇童話故事。 ⇩ 教師供題或自行訂題，進行寫作。	◎	△	×

影片欣賞與課程作結合	教師藉由文體知識來引導學生探討此篇教材所展現出的故事性，含有曲折及離奇的成分。 ↓ 指導學生確定創造性寫作的方向。 ↓ 播放與課文、教材相關的影片。 ↓ 組織從影片中所觀察到的寫作材料。 ↓ 教師供題或自行訂題，進行寫作。	◎	×	×

符號說明：◎適合；△勉強適合；×比較不適合

　　由上列的表 6-3-5 可以發現討論法及看圖說故事適用於學校及作文班場域，尤其是看圖說故事的部分，利用圖片聯想的引導，學生比較容易進入童話世界裡；另外角色扮演及訪問法對作文班場域來說，在實施上比較勉強，原因是角色扮演需要有時間小組討論、製作簡單的道具、設計對話……等，作文班的學生只有上課時間才會出現，況且一週只有一次課，在事前的準備上不容易聯繫且耗時；訪問法則是可訪問的對象有限，也不適合到外面去觀察，容易受場域特性的限制。

　　最後舉一篇少年小說的教學為例，施行於學校及作文班場域，策略一是設計理念，策略二是教材分析，策略三則配合場域特性選擇適合的教學方法來設計教學活動。

三、各場域敘事文／少年小說的創造性寫作教學

（一）策略一：設計理念

表 6-3-6　各場域敘事文／少年小說的創造性寫作教學策略一

設計理念	寫作教學結合場域的概念，並利用範文的分析結果來引導學生寫出創造性的作品。
文體知識	小說及少年小說以「事件」見義及其為吸引讀者的「魅力」營造的迫切性，在文體結構上都得以情節、人物、衝突和意外結局等為基本要素（在極短篇中依然得「麻雀雖小，五臟俱全」）。而篇幅增長以後，則要再增加故事性（曲折／離奇／感人）、寫實性（對人性真實／對生事件真實／對生經驗真實等）和藝術性（形式反熟悉化／意義多重深刻等）等成分（周慶華，2001：188-190），以便可以得到充實。少年小說的寫作規律可以比照下圖 6-3-1。 本篇少年小說採用多重的敘述觀點。我們要先了解敘事性作品所含有的敘述主體、敘述客體和敘述文體等，在小說領域可以有較為「複雜」的關聯；第一，敘述主體，指敘事活動的實施者；第二，敘述客體指敘事活動的實施對象，也就是敘述文體中的題材、主題和思想情感等所歸屬於可經歷或想像的生活背景和客觀世界；第三，敘述文體，指敘事活動的實施結果，也就是具體呈現的話語形式。（周慶華，2002：105-132）在此將敘事性的敘述觀點與敘述者之間的關係以下圖 6-3-2 表示。
寫作方向	● 創造性——無中生有與製造差異。 ● 創造性寫作方向：知識性無中生有與製造差異。 　　　　　　　　　規範性無中生有與製造差異。 　　　　　　　　　審美性無中生有與製造差異。

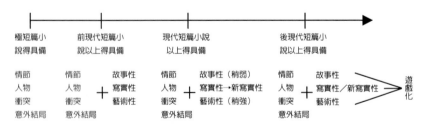

圖 6-3-1　小說寫作規律圖（周慶華，2008：192）

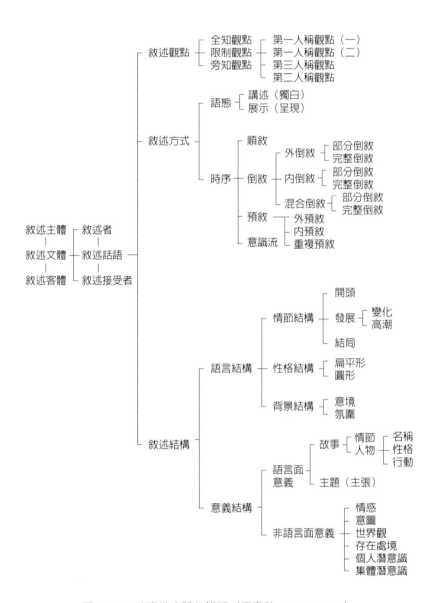

圖 6-3-2　敘事性文體架構圖（周慶華，2002：210）

（二）策略二：教材分析

表 6-3-7　各場域敘事文／少年小說的創造性寫作教學策略二

教材選用	考慮場域性。因考試不考，所以補習班不教少年小說，此篇教材適用於學校及作文班場域。
教材內容	**鬥牛王／德也（李潼）** **甲、球友小技熱情告白** 　　德也坐在籃板頂上，高高在上。他果然像個王——籃球鬥牛王。 　　德也頭戴我們為他加冕……的王冠……他俯視我們，不激動、不歡喜、不緊張、不悲傷，只是看著，看著他的手下敗將、他的崇拜者。 　　儘管這排場不那麼正式，德也終究是我們的鬥牛王…… 　　灌籃高首罐的是籃球，德也不只這樣。他將在十二支火紅蠟燭燒盡的前一刻，連人帶球灌進籃框…… 　　當然，抱著嶄新的籃球從籃框正中落下，也是德也的創意構想，令人想起來就很痛快的創意，因為這除了膽量勇氣，更從來沒人這麼做過…… 　　我們希望沒人無聊地來阻攔，盼望德也不臨陣退卻，大家等待他完成這次創紀錄的壯舉。 **乙、球友阿翔有話要說** 　　我阿翔當然打過籃球，只因種種因素，不能每戰必到，不能上場和人家跑跑跳跳。這原因……主要是，我們球場的人口密度太高。真的，再擠我一個帥哥是不道德的…… 　　我們喊鬥牛王「德也」，大部分的意思是「竹也」，德和竹，臺語念起來是同一音。 　　鬥牛王的身高號稱一七五公分……垂直彈跳一百公分的彈性和扭身上籃的腰力，更向柔軟又富彈性的竹子。喊他「竹也」，符合現實狀況…… 　　德也是個有創意的球員，我同意，但這次的「人球灌籃」，說是他的創意，這就有問題了。據我所知，這大部分是小技那一夥人瞎鬧才拱起來的。他們出這主意，把德也擺布到籃板頂頭，要他表演這沒人見過的特技，他們也不想想，那十二支蠟燭多嚇人……據我的巡迴訪談，便不是德也想出來，只大夥兒這麼瞎鬧，他不得不同意罷了。

	我希望德也自己多小心……穿過籃框時，也別讓燭火和燭油燒燙著。這是個忠實球迷的盡責建議，一個良心的關懷。 **丙、知名不具的控訴（德也前任的女友）** 　　德也，雖然我們的緣已盡，但你曾對我的關懷之情，我留在心的深處，我不會讓它褪色，讓它消翳。 　　德也，雖然你不是我的開心果，我也不是你的巧克力……我知道，像你這麼出色的男孩，是屬於大眾的……自私的我，卻想這愛慕的眼光，只來自我溫柔的注視。我們都做不到，我們塑造了這個遺憾。 　　××的德也（我不知冠上什麼字眼才能準確的稱呼：親愛、大眾、糊塗、永遠、虛榮……），就算一百座球場都以你的名字命名，對你熱愛的籃球，又有多大幫助…… 　　別聽小技和阿翔他們灌你的迷湯，別吃他們那一套，別戴他們編織的王冠。他們既然這麼有「創意」，這麼有「良心」，怎不自己試試從籃框跳下來的滋味…… 　　是誰讓我們初識的球場，成為殺戮戰場？ 　　我不得不再次毀謗你的球友和球迷……他們滿口的運動精神、籃球藝術，他們說力與美、說抗拒地心引力、說痛快地灌籃，他們什麼時候關心你的健康？ 　　小技還好意思說你「腳踝綁繫的繃帶，有一種創意美感」，你的腳踝多少次受傷，是我為你綁繫的繃帶……他們怎麼沒想到你也會痛得哀嚎，也會拖著身體回家？ 　　運動精神，最終追求的是什麼？ 　　是體能極限，是追求勝利的歡呼……是你喪失健康、喪失生命去交換？德也，你在迷糊中還留存多少精明聰慧？ 　　我喜歡看你在球場的勇猛和靈巧……若要以你的健康去交換，我寧可要你在球場外的軟弱和迷糊…… 　　…… 　　德也，若說創意是一種對平庸的挑戰、一種不平凡的路數、一種凡常不敢的作為……你更不該輕視平庸、恥笑平凡，因為你是以它們為基礎……沒有它們的存在，你的創意就要落空……

其中左側欄標示：**教材內容**

教材內容	德也，你不也曾詛咒過那些圍觀飆車的觀眾是嗜血魔鬼？斥罵看鬥牛場的人是冷血瘋子？那一天，當你坐在高高的籃板頂頭，那些趕來圍觀的便是你所咒罵的人！ **丁、高高在上的德也** 　　籃板頂上的視野，居然是這麼遼闊遙遠。 　　夕陽的餘溫還在，但晚風涼了。 　　十二支紅白相間的蠟燭真美，圍觀球友們的眼光仰望，是這樣熾熱的期待。 　　我真不該坐這麼久，坐得臀部發麻，坐得雙腿涼一陣、熱一陣。 　　是的，我們的球場將命名「德也球場」，就像那七虎球場……都是男子漢的熱血鍍成的名字。 　　男子漢是一種勇氣，一股熱血、一個為人所不敢為的作風、一種選擇、一種思慮後的行動、一種令人懷念的人類、一種懂得化險為夷的動物、一種不理會閒鬧的堅定、一種不可動搖的信念、一種遼闊的視野、一種對生命的尊重、一種永不後悔的溫柔的人…… 　　我抱緊嶄新的籃球，回報給我的球迷，一個無可替代的微笑。 　　一群晚歸的鴿子飛過去了。 （張子樟主編，1998：146-159）
教材分析	● 創造性顯現：此篇採用同一個敘述點但是有多個不同的敘述者，文中有四個敘述者，四個人各有各的預設立場與思考邏輯，自然是各說各話，但表達的都是德也籃球夢的詮釋、質疑以及他在表演絕技前的自我告白，此種敘述手法創新了少年小說的寫作模式。但相類似的敘述手法還有日本著名短篇小說芥川龍之介的〈竹藪中〉，所以並非是無中生有的創新，而是屬於製造差異的創新。 ● 語文經驗：鬥牛王德也在大家的慫恿下，坐在籃框上想表演「人球灌籃」的美技，原本是一場擁有崇高美感的表演，卻因為德也遲遲不敢跳（可從最後兩句話看出來：「我緊抱嶄新的籃球，回報給我的球迷，一個無可替代的微笑。一群晚歸的鴿子飛過去了。」），跟先前的自豪感形成一大落差，而顯得滑稽可笑，從崇高轉為滑稽這巨大的改變，將它歸於審美性的無中生有的創新。而上述的創造性顯現，有關寫作手法的表現，則是屬於知識性的製造差異創新。

（三）策略三：教學活動

　　策略三的部分，先介紹教學的核心及教師引導的重點，搭配常見、適合的教學法設計教學活動流程，再明列出不同場域所適合的教學活動，將學校及作文班場域教學活動的異同作一比較。

表 6-3-8　各場域敘事文／少年小說的創造性寫作教學策略三

教學方法	教學流程	教學場域		
		學校	作文班	補習班
討論法	教師藉由文體知識來引導學生探討此篇教材所展現出的故事性，含有曲折及離奇的成分。 ↓ 介紹此篇作品創造性寫作的方向。 ↓ 討論敘述立場、觀看角度與德也的關係不同，有哪些相異的看法，教師應適當的提問，引導學生思考的方向。 ↓ 文末並沒有告訴讀者，德也有沒有表演這瘋狂的危險動作，運用作者留下的想像空間，讓學生發表看法。 ↓ 練習寫一篇短篇的少年小說，或先編寫大架構，認識少年小說的寫法。教師供題或自行訂題。	◎	◎	×
講述法	教師藉由文體知識來引導學生探討此篇教材所展現出的故事性，含有曲折及離奇的成分。 ⇩ 指導學生確定創造性寫作的方向。	◎	◎	×

講述法	⇩ 由教師講述敘述觀點、敘述方式、情節結構等技巧。 ⇩ 教師提問,讓學生練習。 ⇩ 進行少年小說的寫作技巧練習。教師供題或自行訂題。			
閱讀 寫作 教學法	教師藉由文體知識來引導學生探討此篇教材所展現出的故事性,含有曲折及離奇的成分。 ⬇ 指導學生確定創造性寫作的方向。 ⬇ 教師指導學生各自報告閱讀後的讀後心得。 ⬇ 教師提出問題跟學生討論。例如,文章內容概要、閱讀者感動的原因、原作的表達技巧、自我寫作的方向、如何擬題、如何尋找有用的材料、設計少年小說的大綱等等。 ⬇ 自我寫作與修定。教師供題或自行訂題。	◎	◎	×
戲劇 呈現	教師藉由文體知識來引導學生探討此篇教材所展現出的故事性,含有曲折及離奇的成分。 ⇩ 指導學生確定創造性寫作的方向。 ⇩ 每組找一個小情節(事件)來擴編演出。 ⇩ 演出後,將此情節加油添醋,虛構擴寫。 ⇩ 可以小組或個人進行少年小說的擴編或創作。教師供題或自行訂題。	◎	△	×

人物專訪	教師藉由文體知識來引導學生探討此篇教材所展現出的故事性，含有曲折及離奇的成分。 ↓ 指導學生確定創造性寫作的方向。 ↓ 教師提供或由學生自行尋找有校園中傳奇風雲人物，以小組方式進行專訪。 ↓ 小組共同創作，寫下自己的敘述觀點，再作統整。 ↓ 小組自行訂題，進行寫作。	◎	×	×

符號說明：◎適合；△勉強適合；×比較不適合

（四）各場域少年小說教學策略一覽表

教學核心	少年小說文體、敘述技巧的翻新。
引導發掘類似的出發點	配合少年小說的寫作規律圖以及敘事性文體圖來進行教學，讓學生認識少年小說組成的基本要素以及敘述手法。

　　由上列的表 6-3-8 各場域少年小說教學策略可以發現討論法、講述、閱讀寫作教學法都適用於學校及作文班場域，尤其是閱讀寫作教學法的部分，閱讀少年小說進而與寫作結合，讓學生更了解少年小說寫作技巧與形式，多鼓勵學生閱讀作品，循序漸進的進入少年小說的世界。戲劇呈現方面，在作文班勉強可行，主要也是受制於時間不足，倘若真的要實施可以採取比較簡便的方式，課堂上直接選一小情節來表演，人數不夠的話可分個人表演，只是效果會有限。人物專訪需要耗費較多的時間，所以在作文班是比較不適合的。

　　由以上這三類敘事文的教學來看，敘事文體的寫作技巧相較於其他文類顯得相當重要，所以教師在教學上除了創意的引導外，還需要顧及基本的文體知識以及寫作技巧，讓學生的文章能夠結構紮實進而言之有物。

第四節　各場域說理文的創造性寫作教學策略

　　本節所要論述的是各場域說理文的創造性寫作教學策略。說理文在學校、作文班級補習班都會接觸到；學校、作文班適合施行的年級是高年級，補習班針對國、高中生面對升學考試可能會有說理文的考題，而必須要進行說理文的寫作練習。本節選用二篇說理性的文章，在此為了不增加學生文體知識上的負擔，就不再將說理文細分成對象、後設、後後設說理文等。在選材方面特別針對創造性選擇了一篇規範性的製造差異及知識性的無中生有的作品因為說理文主要講求論點與論據，在這方面涉及審美性的程度不高，除非是專門「談美」的文章，可能會涉及審美的成分，但是此種情形並不多，所以本書的各場域寫作教學就以知識性、規範性的作品為主。

　　因為二篇教材同屬說理文，所以在教學策略一的文體知識項目先行加以介紹，讓學生對說理文有初步的認識，再進一步分別介紹各篇策略二的教材分析，最後再探討各場域的說理文寫作教學有何異同之處。

　　所謂的說理文是指針對一件事情，說出自己主張，「說」是說明的意思，也被換詞成論說或議論，不但要有批駁他人不同的意見，也能讓大多數人信服的文章。

　　說理不是簡單的「說說想法」而已，解釋的話必須鞭辟入裡，更要用很多實例證明自己的言論立於不敗之地，從每件事情中找到真理，並且聯想到真實相關或相反的事物之上。也就是說，它雖然統括著文學以外的所有人文學科、社會學科和自然學科等需要說理的部分，但它一樣得具備高度的認知意義，才有被討論的價值。而這一點，也就是相關的教學所要著眼的。換句話說，說理是把思想或觀念予以精鍊或升級而後透過邏輯組織將它陳述出來；它（思想或觀念）在經過一番「細密鍛接」和「去蕪存菁」後，就可以有所判別於「凡流之俗」。（周慶華，2007a：125）周慶華並提出概念的設定、命題的建立和命題的演繹等一整套的論說程序或邏輯規模，可以據為思維和踐履：

概念設定
↓
命題建立
↓
命題演繹

圖 6-4-1　　邏輯思維規律圖（周慶華，2007a：125）

　　以有關「蹺課是否道德」的議題來看，我們可以比照下例為它構設兩個結論截然不同的推論形式：

　　　凡是害人害己的事，都是不道德的。
　　　蹺課是害人害己的事。
　　　所以蹺課是不道德的。

　　凡是違反自由權的事，都是不道德的。

　　禁止蹺課是違反自由權的事。

　　所以禁止蹺課是不道德的（反證蹺課是道德的）

（周慶華，2007b：75）

　　第一個推論的前提是高度可信的，以此來推論蹺課是否道德，大大的提高它的可信度；第二個推論的前提／結論的可信度顯然不高，但它卻能給人深刻的啟發（讓人重新檢視權威的合理性），而跟前提／結論高度可信的第一個推論比起來不妨多給一點「關愛」的眼神（許多觀念的創新，都是透過這種「基進」的作為而成為可能的；而從事說理式文體創新工作的人，正可以從這裡找到「超邁前人」的出路）。（周慶華，2007a：127）以本書的架構來說，此「蹺課是否道德」全篇屬於規範取向的語文經驗展現（論及道德層面的見解），它的創造性在第一個推論中屬於製造差異的創意（在原有的認知上再更上一層，判斷道德與否有不同的見解）；第二個推論則是屬於無中生有的創意，雖然它的可信度不高，但它創新的思考，使我們跳脫舊有的道德判斷意識，帶給我們新的啟發。

　　對說理文有了初步的了解後，以下分別以二篇教材來說明教學策略二及策略三的實施方式。

一、第一篇

（一）策略二：教材分析

表 6-4-1 各場域說理文（一）的創造性寫作教學策略二

教材選用	考慮場域性。三種場域都適用，但國小部分的教學則要以比較淺顯為原則，國高中則要加強論據的收集及論點要說的有理，才能說服讀者。
教材內容	<div align="center">別對「酷」說 NO（陳燕飛）</div>　　「酷」是一個多麼富有魅力的字眼。對我們來說，它也許只是一個宣洩的藉口，只是反叛歲月裡一種反抗的手段。可當我們過足新新人類的癮後，就會發現，這其實是我們一路走過後的足跡，很幼稚，也很清晰。 　　「酷」嘛，有人認為是零度以下，穿著單衣，走上街頭，然後買個雪糕品嚐……有人認為是一年以內足不出戶，只靠電腦購物……唉！這種酷實在太愚昧無知了。 　　「酷」很精采，每時每刻都存在。它的另一個名字是青春。站在我的立場，我認為酷是能力很強，在不經意間把事辦好；酷是……酷的人會在自己家裡不富裕的情況下，節省一個月的早餐費，向災區捐款…… 　　「酷」已成為我們 21 世紀學生時尚生活的核心。在「酷」的表象下潛藏了迎接挑戰的勇氣、創造力和獨立的特性……希望天下的父母、老師不要輕易對我們說「不」！ <div align="right">（寫作天下編委會主編，2007：108）</div>
教材分析	● 創造性顯現：此篇先論述一般人對「酷」的見解，如「酷」嘛，有人認為是零度以下，穿著單衣，走上街頭，然後買個雪糕品嚐……有人認為是一年以內足不出戶，只靠電腦購物……再提出自己對「酷」的不同看法，如我認為酷是能力很強，在不經意間把事辦好；酷是……作者提出與眾不同的見解，明顯的看出是「製造差異」的創意作品。 ● 語文經驗：藉由對「酷」的論述，企圖說服天下的父母、老師正視孩子對「酷」的表現，新時代潮流下的年輕人想法新穎，想推翻傳統的固著觀念，實屬於規範性的語文取向作品。

（三）策略三：教學活動

策略三的部分，先介紹教學的核心及教師引導的重點，搭配常見、適合的教學法設計教學活動流程，再明列出不同場域所適合的教學活動，將學校及作文班場域教學活動的異同作一比較。

各場域說理文（一）教學策略一覽表

教學核心	練習「規範性的製造差異」創意作品的寫作。
引導發掘類似的出發點	引導學生思考生活周遭的事物，自己的觀點是否與人不同，而企圖說服別人，希望別人重視你的看法，有了動機，進而再收集資料，配合說理文的寫作技巧作結構安排，完成一篇「規範性的製造差異」創意作品。

表 6-4-2　各場域說理文（一）的創造性寫作教學策略三

教學方法	教學流程	教學場域		
		學校	作文班	補習班
討論法	教師藉由本教材引導學生討論發掘自己對周遭事物的不同論點。 ↓ 介紹此篇作品創造性寫作的方向。 ↓ 小組將討論結果與同學分享，聽聽別組給的意見及看法，可以與自己的論點作比較。 ↓ 收集引用相關的論據，以輔助、加強自己的論點，大致上將資料整理作寫作結構的安排。 ↓ 教師供題或自行訂題，進行寫作。	◎	◎	△

演講	教師以此教材為例，指導學生創造性寫作的方向。 ⇩ 讓學生回家準備相關的演講內容，或是課堂上進行即席演講。 ⇩ 學生透過演講收集多方不同的意見；藉由演講抒發自己的觀點，以說服他人。 ⇩ 記下同學演講的重點，再加上自己的看法。 ⇩ 教師供題或自行訂題，進行寫作。	◎	△	×
辯論 （角色 扮演）	教師以此教材為例，指導學生創造性寫作的方向。 ⬇ 以辦「公聽會」的形式，選一個議題，分成正反雙方，並經由角色扮演的方式來辯論。例如，環保議題。有學生扮演政府官員、環保團體、社區居民……等角色，針對議題，發表自己的看法。 ⬇ 將公聽會內容作重點摘錄，依此教材的寫作方向進行組織。 ⬇ 與別人觀點不同的地方，要再收集資料來說服他人，以補強自己的論述。 ⬇ 大致寫下自己的想法，可延後寫作。教師供題或自行訂題。	◎	×	×

	教師以此教材為例，指導學生創造性寫作的方向。⇩ 教師給定一個議題或範圍，讓學生先行從圖書館、網路……等學習資源作資料的收集。⇩ 將所收集到的資料作分享、報告。⇩ 教師協助整理、分類於黑板上，再進行學生對這份議題表達出自己的看法。⇩ 可以小組或個人進行此議題的寫作。教師供題或自行訂題。			
探究法		◎	×	×

符號說明：◎適合；△勉強適合；×比較不適合

　　由上列的表 6-4-2 可以發現討論法適用三種場域，但是以實際的施行來說，學校還是最適合的，有關作文班的原因先前已論述過，在此便不再贅述；而補習班採用討論的方式是比較勉強的，先前也提到過補習班因為受限於人數及時間的因素，師生與同儕間的默契也比較不足，通常採取的教學方式是老師說學生聽，這一慣的教法，或許可以嘗試著改變，利用討論法雖然有些勉強但還是可行的，藉由同學之間彼此的討論，刺激彼此的思考模式，啟發學生的創造力。另一個演講法在作文班的施行上或許不能像學校先讓學生回家準備，但是可以採取課堂上即席演講的方式。重要的是要給予學生一個安全發言的環境，即席演講不用太過於刻板、正式，教師準備幾個議題讓學生抽並規定演說的時間，給學生幾分鐘的準備，再上臺來即席演講。如此時間的控制就可彈性自如，彌補作文班時間不足的問題。而辯論及探究法因為涉及到事先複雜的準備過程，礙於到班的上課時間及次數，在作文班及補習班的施行上是比較困難的。

二、第二篇

（一）策略二：教材分析

表 6-4-3　各場域說理文（二）的創造性寫作教學策略二

教材選用	考慮場域性。三種場域都適用，但國小部分的教學則要以比較淺顯為原則，國、高中則要加強論據的收集及論點要說的有理，才能說服讀者。
教材內容	收藏自己的方法（周慶華） 　　有人說：「歷史，除了人名是真的，其餘都是假的；而小說，除了人名是假的，其餘都是真的。」喜歡寫回憶錄……那裡一定有許多不為人知的「罕聞軼事」，可以不必遮遮掩掩的曝光。 　　人普遍都有收藏自己的癖好，才會在告一段落時，想把它公諸於世，以顯示自己「沒有白活」；而平日勤於寫日記、拍照存證……也都是為了因應屆時「暴露自己」的所需。 　　只是人會說謊，也會遺忘；特別是在利害交關時，更會設法藏匿足以讓自己羞愧悔恨的事件，以致沒有一種告白、傳記不嚴重失真。《侏羅紀公園》電影只說到「生命會找到自己的出路」，還來不及點出生命找到的出路有很多條，包括不敢讓人知道他（牠）所做的不光彩的事。 　　這麼說，收藏自己最好的方法，就是不要相信自己能夠收藏自己；如果真要收藏自己，那麼就把自己弄得「醜」一點，免得別人說你愛吹噓、自大和忘了自己是誰。 （周慶華，2008b）
教材分析	● 創造性顯現：此篇先論述一般人普遍都有收藏自己的癖好，而且一般人收藏自己的方法是「隱惡揚善」，作者藉由此篇文章提出另類收藏自己的方法，就是不要相信自己能夠收藏自己；如果真要收藏自己，那麼就把自己弄得「醜」一點……此種截然不同的創新見解，將收藏自己的方法概念作一大翻轉，無前例可循，可說是無中生有的創新。 ● 語文經驗：提供一個嶄新收藏自己的方法，是屬於知識性層面的語文經驗。

（二）策略三：教學活動

　　策略三的部分，先介紹教學的核心及教師引導的重點，搭配常見、適合的教學法設計教學活動流程，再明列出不同場域所適合的教學活動，將學校、作文班及補習班場域教學活動的異同作一比較。

各場域說理文（二）教學策略一覽表

教學核心	練習「知識性的無中生有」創意作品的寫作。
引導發掘類似的出發點	引導學生觀看事物以多方角度去思考，提出與眾不同的創新見解，並以事例來增強自己論點的可信度或比較出比別人的看法更具有的啓發性，可以啓發創新另類的思考方向。

表6-4-4　各場域說理文（二）的創造性寫作教學策略三

教學方法	教學流程	教學場域		
		學校	作文班	補習班
討論法	教師以此教材為例，指導學生創造性寫作的方向。 ↓ 讓學生分組討論發掘自己對周遭事物的不同看法。 ↓ 小組將討論結果與同學分享，聽聽別組給的意見及觀點，改變固有的思考模式，試著提出「無中生有」的獨特見解。 ↓ 收集引用相關的論據，以輔助、加強自己的論點，大致上將資料整理作寫作結構的安排。 ↓ 教師供題或自行訂題，進行寫作。	◎	◎	△

演講	教師以此教材為例，指導學生創造性寫作的方向。 ⇩ 讓學生回家準備相關的演講內容，或是課堂上進行即席演講。 ⇩ 學生透過演講收集多方不同的意見；也可藉由演講抒發自己獨特的觀點。 ⇩ 記下同學演講的重點，再加上自己獨特的看法。 ⇩ 教師供題或自行訂題，進行寫作。	◎	△	×
辯論	教師以此教材為例，指導學生創造性寫作的方向。 ⬇ 教師選幾個議題，分成小組，每二個小組認領一個議題，成為對照組，一組為正方一組為反方，於上課前先作資料的收集，再到課堂上進行辯論。 ⬇ 也可開放其他的組員加入辯論，自由選擇正、反方。小組記下辯論的重點。 ⬇ 作資料的統整，不足之處再另外查詢資料補齊。 ⬇ 選擇一個議題進行小組或個人的寫作。教師供題或自行訂題。	◎	×	×
探究法	教師以此教材為例，指導學生創造性寫作的方向。 ⇩ 教師給定一個議題或範圍，讓學生先行從圖書館、網路……等學習資源作資料的收集。	◎	×	×

探究法	⇩ 將所收集到的資料作分享、報告 ⇩ 教師協助整理、分類於黑板上，再進行學生對這份議題表達出自己的看法。 ⇩ 教師供題或自行訂題，進行寫作。	◎	×	×

符號說明：◎適合；△勉強適合；×比較不適合

　　上述的這四種教學法與各場域的關係與上一篇的理由類似的部分，便不再重複說明。由以上的二篇說理文的教學來看，說理文有它一定的論述手法，但是針對論述說理的內容，我們卻可以從不同的面向將自己獨特的見解表達出來，成為一種創新。藉由說理文的寫作，可以啟發學生看待問題的思維；因為要把某種道理解說清楚，使人懂得這些道理的重要意義，而可以間接訓練學生的表達思考能力；也因為要將所收集的資料作整理成一整套的論說程序（概念設定→命題建立→命題演繹），可以培養學生的邏輯思考能力。在三個場域都可以進行說理文的教學，而受到場域特性的限制，作文班及補習班可使用的教學方法及資源是比較少的，但這二個場域的優勢是在教材的編寫及一系列的課程可以讓學生的學習不至於支離破碎；有了這個優勢，再配合場域的特性改變教學活動，使教學更活潑、學生的寫作更具有創意。

第七章　創造性的場域寫作教學的推廣

第一節　學校、作文班和補習班的教學

　　作文教學向來是學校老師所擔憂的，一方面學生程度差異過大，再來是事後批閱的繁瑣，使得教師對於作文教學常是望之卻步，也使得學生的作文能力一直無法見到有效的提升。教師教學的困境以及學生作文能力的低落此種情形不斷的蔓延惡化，以我本身在教育現場的觀察及閱讀相關的寫作文獻後，大致可以歸結出下列幾點原因：

1. 學生寫作的困難：基於先備知識、生活經驗的不足，常常會在寫作時遇到很多困難，不免將作文看作是件苦差事，經常把兩節作文課的時間混過去，文章馬虎敷衍，可是老師卻要花很多的時間及精神去批改。這樣的惡性循環，對師生來說都是一種折磨。

2. 教師忽略寫作前的引導：在學校上作文課時，有部分的老師只是規定題目，沒有思路的引導，沒有具體的寫作方向，也沒有學生作品、範文的批評賞析，對作文缺乏一個基本的概念，只是一味地要他們寫，讓學生更排斥寫作。

3. 環境與教學法的重要：教室裡的寫作環境及教師的教學引導方法會間接影響到學生的寫作靈感，有時學生不習慣在老師的「監督」下，於兩節課的時間馬上完成一篇作文。在這種類似考試的寫作環境下，學生的寫作潛能很難發揮出來。

4. 缺乏有效的寫作模式：在所有的課程中，唯一沒有教學指引的就是作文教學，教師在學校通常忙於課務，會針對寫作自行編制教材的老師並不多，也因為如此，教師倘若能有一套有效的教學模式，必能大大提升作文教學的成效。

5. 學生文體知識的不足：在學校寫作課程的安排大部分都以配合課程為主，例如這一課國語的內容是說理文，教完這一課，可能就讓學生寫一篇相近文體的文章，在文體的學習上顯得零碎而不完整，所以教師事前有系統的介紹文體知識是很重要的。

由此可以發現在學校的作文教學教師及學生都有各自的困擾，教師苦於教學、事後的批改；學生苦於提筆寫作的困難。偏偏國中基測又恢復加考作文，在考試領導教學之下，家長為了提高孩子的寫作能力，從小學開始就紛紛將孩子送往坊間的作文班、補習班。坊間的作文班類型種類眾多（詳見第五章第三節），作文教法也多元化，授課時間比起學校相對的要來得多，教材與教具的豐富度、彈性個人化的課程與教材都是作文班所具有的優勢。但作文真的可以透過「補習」就能補救、提升嗎？為什麼還是有些家長常抱怨寫作的成效並不明顯。依我在作文班的教學現場的考察來說，約略可以發覺到下列幾項原因：

1. 作文篇數及字數的規定：在作文班通常是一星期一堂課，正常來說每星期都要寫一篇作文，為求「言之有物」有「像樣」完整的作品呈現，作文班老師通常會要求字數，這樣一來，老師抱怨學生廢話連篇，卻不探究原因。小孩的閱歷才多少，憑什麼週週都可以有新的觀察、新的感受、新的思想……太過於注重篇數及字數反而會扼殺學生的寫作興趣。

2. 作文的批改、回饋：不僅學校教師懼怕改作文，作文班的教師通常要批改好幾班的學生作品，有部分的教師會請大學生或工讀生來代為批改，如此一來，教師便無法了解學生所遭遇的寫作困難，也無法藉由學生的文章回饋、修正自己的教學方式。

3. 場域特性的限制：結合本書的場域特性來看，作文班在場域的特性上是比學校弱的，原因是：

   (1) 空間場域中的動、靜態資源有限。一般作文班大多是在教室裡上課，寫作環境不如學校的多元，相對的可運用的教學方法就會受到限制；給學生的感官刺激減少，大部分的寫作都得讓學生憑空想像或由自己的生活經驗親身經歷為出發思考點，對學生來說每週都要有新的文章，的確得絞盡腦汁才寫得出作品。

   (2) 在社會場域方面：在作文班，因為有它的侷限，不像在學校能和孩子長時間相處，有較多的互動，大部分的教學模式是教師講述，學生聽講，命題也多由教師決定，學生得依教師教授的課程內容，在課堂內完成一篇作文。這就常出現兩極化現象：一種是對作文題目深有感觸，文思泉

　　湧；另一種則是毫無感覺，亂寫一通，又限於字數的規定，
常會出現字詞重複、不知所云的問題。

　　另外，針對國、高中補習班的作文教學來說，根據本書第五章
第四節的說明，發現補習班的教學方式還是以考試、升學為最高指
導原則，此種一貫的教學方式，使學生在考試時選擇寫出最「保險」
的作品，不敢創新、不敢大膽的寫。例如：李佩芬（2007c）在訪
問建國中學國文科資深教師林明進的一篇文章〈引導學生把「最會
寫的寫出來」〉中指出，數年前的某次推甄考試，建國中學的國文
科引導作文，是以「任選一歷史人物，議論其功過褒貶」為題。「沒
想到竟然有 50% 以上的學生，筆下的人物不是文天祥就是岳飛！」
林明進直指問題核心在於「他們不是不會寫其他人物，而是不敢
寫。」他認為，長久以來，不論是升學考試或國家考試，作文都是
以命題作文型態出現，即使學生閱歷乏善可陳，但只要背熟補習班
給的公式格言，從忠孝節義到人生修養，寫出的文章都能四平八
穩、頭頭是道。即使現在的作文考試，早已擺脫當年命題作文型態，
除了題目外更提供許多閱讀材料與寫作情境，透過引導作文的「語
文表達能力」來衡量學生寫作能力，可惜的是大多數學生依然用「論
述問答題的心情，寫標準答案的態度」來看待寫作。不僅學生不相
信自己有寫出好文章的能力，許多第一線的教學者教作文的方式也
還有改進的空間。

　　綜合上述的寫作情形，發現在各個不同的寫作環境裡，會依所
在的可利用資源、師生互動……等相關的場域特性及教材選用的困
擾，而各有相異的寫作困境。本書強調創造性寫作並結合場域的概
念，融入寫作教學中，致力於各場域寫作教學困境的跳脫。在本書

第六章分別提出各場域抒情文（童詩、抒情散文）、敘事文（敘事散文、童話、少年小說）及說理文的創造性場域寫作教學策略，每個教學策略提供了最基本的文體知識、寫作方向，再根據各場域的特性選用教材、分析教材及選擇教學方法。

　　此教學策略用於學校可解決上述的教學困境，彌補文體知識的不足、給予範文的批評賞析、提供學生具體的寫作思考方向、與場域結合適當教學法的選用。最重要的是提供學校教師作文教學時能多多利用學校豐富多元的場域結構，不用侷限在類似考試的寫作環境下埋頭苦寫；而結合場域選用活潑有趣的教學法，善用良好的師生互動、時間彈性，在比較沒有篇數、字數的壓力之下，可以放手讓學生去發揮，即使篇幅短倘若有創意，那何嘗不是一種進步呢！

　　在作文班，場域的特性雖然不比學校好，但它也有它的優勢，就如同前面所說的，針對教材，可以讓學生作一系列完整的學習。作文班一期大約 12 堂課，一週一堂課，也就是三個月一個循環，正可以利用此種特性，每一期設計一種文類，例如抒情文，再細分創造性寫作的方向（知識性的、規範性的、審美性的無中生有與製造差異）各分配四堂課，完成一套完整的教學與學習；另外也希望作文班能採用本書所提出的論點。創作是多元的，小朋友的創意、想像不可限量，字數的多寡並不是評量作文的唯一標準，字數多但所說的多屬言不及義，寫的再多也只是增加教師批改的痛苦；固定的作文篇數，規定在每堂課在課內完成一篇作文，侷限了教學方法的採用。而學生寫再多篇的文章，內容卻了無新意或只是胡謅，那也失去原有的美意了。

　　至於在補習班場域的限制最多，人數多，上課只能在教室，看不完的語文補充講義；做不完的測驗題；制式的一套教材教法。就

如同上述林明進所指出的，學生不是不會寫，而是不敢寫，補習班教出了「普羅大眾」的一套寫法，試想閱卷老師看了大家「類似」的文章結構、舉例……等，還會給高分嗎？倘若能在學生基本的寫作能力上，再加入創造性的場域寫作教學，啟發學生的創意，寫出具有創造性的文章，讓閱卷老師「耳目一新」，一定不難獲得高分。

　　總歸來說，學生想要寫好作文是需要一些基本功，相對的教師想要教好作文也是需要一些基本功。學生從基礎的文體知識著手，教師則需要一套創新的教學模式，善用各場域的優勢，擬訂出一系列的作文教學策略，如此才能有效提升學生的作文能力。

第二節　文學營、社經文宣和商業廣告企畫的借鏡

　　文學營的開辦時間點大多是利用漫長的寒、暑假期間，許多家長喜歡將孩子送往補習班或安親班，也喜歡找尋有關夏令營或文學營的活動，讓孩子過個充實的暑假。其中的文學營，對象可網羅國小、國中、高中的學生，開設文學營的機構眾多，大致上可分成一般最常見的學校、作文班；也有名人作家、報章媒體、宗教團體……等所開設的，課程的內容大多作一系列的規畫。這個特性與作文班類似，只是文學營課程的安排比作文班來得密集，與作文班不同的是，它的教學場地可以是在室內或到戶外，相對的來說比較彈性與多元。為了增加經濟效益，文學營的人數通常會比小班制的作文班要來得多。以下分別以對象是國小、國中、高中的學生所開設的文學營作一介紹：

　　先舉許榮哲和李儀婷這對作家夫妻專門為國小階段的學生所開設的文學營來說,他們文學營的作法是:不一開始就逼著孩子坐下來寫作文,而是用孩子最熟悉的動漫、電玩等次文化,建立一套好玩、充滿冒險趣味的知識系統,最後再兜回來寫作。以「尋找海賊王的寶藏」教案為例,頭幾堂課會先教孩子一些辨別方位、畫地圖、認識有毒植物等類似野外求生的知識。然後帶到戶外,發給學生葉脈標本,要求他們找出植物「本尊」來。活動了一天,傍晚的最後一堂課才是作文課。許榮哲夫婦認為,在國小階段,引導寫作力的重點不是講究工整技巧,而是誘發他們的想像力。他們很擔心的是為期數天的文學營結束以後,孩子回到原來的生活,再度被擠壓進制式作文教學的框架中,好不容易才萌芽的寫作興趣,又會消失殆盡。(引自李蓓潔,2007a:145)另一個是聯合報系文教基金會與多所國中合作,所開設的文學營,幾乎場場爆滿,一班的人數至少有三十個人,其所教學的場所設定在學校,教師輔以多媒體器材來引導寫作(聯合報系讀者俱樂部,2008);而在高中階段的文學營如余光中在 2008 年號召一群國文老師,舉辦另類寒假寫作營,帶高中生到迪化街買零食,邊吃邊寫,文字更有味道;還有學生以迪化街為背景寫出暗藏密碼的情詩,甚至拍成 MTV,寫起作文來更有「fu」(感覺)。(世界新聞網,2008)

　　由以上三個例子可以發現文學營的教學與場域特性息息相關,大部分的文學營都會配合教學場地的場域特性來實施教學,而在在創造性方面,因為文學營的師資普遍多元化,聘請各專長的教師來教學,在課程的一致性、連慣性上比較缺乏;再則文學營的教學活動大多著重在帶領學生親身體驗,透過感官觸發寫作的靈感,不管是在室內或戶外的體驗,學生所感覺所觀察到的事物、感想一

定很多，如何針對這些資料作有系統的處理，而不致於凌亂無方向，就可藉由本書所提出的創造性寫作教學的三大規範中去選擇要展現的重點，有了具體的創造性寫作方向以及連貫性高的寫作模式，提供給文學營在教材及的選擇及對寫作材料整理的一個參考。

　　再來提的是社經文宣方面，你是否曾有過這樣的經驗：宣傳單塞滿信箱、電視宣傳廣告不停的播放、競選廣告宣傳車穿梭在大街小巷，這種情景在選舉期間幾乎天天上演。以下就舉一個競選的例子來看，文宣內容如下：

> 其實……坦白講我很喜歡臺灣
> 因為我花了太多時間（韓國貿易商在臺灣經商七年）
> 我年輕的時候來到這裡
> 臺灣人民非常勤奮
> 一直是我們學習和競爭的對象
> 現在
> 經濟　經濟每天都在喊
> 遺憾的是
> 在政治上的問題　花了太多時間
> ○○黨執政七年
> 人民荷包縮水　痛苦指數飆高
> 國民所得從領先韓國的 4000 美元
> 到今年比韓國少了 3000 美元……
> 一切都在經濟
> 韓國人懂
> 臺灣政府還搞不懂

經濟贏　臺灣才能向前行

（中國國民黨全球資訊網，2008）

　　此篇文宣與不同政黨及不同國家來作對比，展現出知識性的製造差異，它的創意是有的。在場域方面，整篇文宣的重點在攻擊對方政黨「經濟、生存」這部分的缺失，給予致命性的一擊。但是卻忽略了自己本身場域的特性及優劣勢，在文中刻意避開不提，這有可能的原因是，目前大多的文宣設計都是委託外面的廠商設計，該廠商並不了解委託政黨所處的情境、對黨務的運作也不是很清楚，就以政黨給的資料再加上自己的認知來加以設計。倘若能加入本書所帶出的「場域」概念，提出在本身的場域背景下可以怎麼讓「臺灣經濟更好」；另外再將整個臺灣的處境加以列入考慮，這份文宣應該會更吸引人。

　　商業廣告企畫講求的就是創意，有創意的廣告才能讓人印象深刻，達到廣告的效果。一般來說，廣告文案設計大約以分成三個階段：

1. 重複閱讀。一次又一次的在腦海裡重複想像，該「怎麼運用才好？」
2. 將有趣的文字畫線。
3. 仔細思考畫線的理由。（王淞銓譯，2007：70）

例如：

　　有啤酒的味道。有些苦味，很有深度，口感芳醇，名字也很討喜！雖然價格有點貴不能常喝，但有機會喝的時候，有種犒賞自己的感覺，令人開心。

特別日子（遇到喜事或完成困難工作後等等）的獎賞。

慶賀「今天是個完美的一天」的感覺。

稍微奢侈的感覺。

讓妻子的料理更好吃。

就好像用高級橄欖油拌義大利麵條一樣。

像在彈奏羅馬豎琴一般。

……

（王淞銓譯，2007：66）

　　此篇刻意避開不提啤酒的壞處，只講了「雖然價格有點貴不能常喝」的外在特性，喝啤酒確實有很多潛藏的壞處，例如：酒後駕駛、啤酒肚……等，倘若能將創意加入，既不欺瞞顧客，又可以維持營業，這才是最具有創意的廣告。再則「場域」方面，一般廣告設計大多和社經文宣一樣是委外辦理，對原先的廠商所在的場域都不是很了解，只能側面了解大約的情況，倘若沒有充分運用委託廠商的「場域」特性，所設計出來的作品可能就會顯得表面，比較不貼切，將場域觀念加入，再將創意的方向訂定明確，增加廣告的成效。

第三節　語文學習領域課程綱要的修訂

　　根據《天下雜誌》針對全國中小學校長的調查顯示，七成以上的校長認為，九年一貫以後的學生，整體語文能力「愈來愈差」。（林玉佩，2007）語文能力可以說是所有學科的基礎，語文程度的低落

會間接影響其他學科的學習，例如數學科，孩子有個最大的問題就是：不是不會算，而是題目看不懂。如有的孩子看到題目出現「共」字，就覺得是用「加法」，看到「差」就用「減法」，一旦題目出現「一共相差多少錢」可能就有很多學生搞不清楚了。

直接影響語文學習的就是「語文學習領域課程綱要」，它是課程安排的最高指導原則，語文學習領域還區分成本國語文、鄉土語言、英語三部分，在此所論述的對象是本國語文。它的基本理念主要是：培養學生正確理解和靈活應用本國語言文字的能力。期使學生具備良好的聽、說、讀、寫、作等基本能力。並培養學生有效應用中國語文，從事思考、理解、推理、協調、討論、欣賞、創作，以擴充生活經驗，拓展多元視野，面對國際思潮。同時引導學生學習利用工具書，結合資訊網路，藉以增進語文學習的廣度和深度，培養學生自學的能力。（教育部，2003）

在九年一貫的課程綱要中，各學習領域的學習階段，是參考該領域的知識結構及學習心理的連續發展原則而劃分，每一階段都有其對應的能力指標。其中的語文學習領域包含有六段能力指標：注音符號應用能力、聆聽能力、說話能力、識字與寫字能力、閱讀能力、寫作能力。寫作也可說是上面五種能力的統合與展現，所以在教學上無法各自獨立，能力指標又是學校在各領域課程發展的重要依據，教師必須在教學歷程中不斷的檢視、修正與評估。再當寫作能力的訓練必須納入教材，而成為必須達到的能力指標時，該用什麼方法進行、用什麼教材，這就需要整體的規畫和研發。先以寫作的能力指標來看，如下圖：

表 7-3-1　九年一貫課程綱要寫作能力指標

第一階段（1～3 年級）
F-1-1 能經由觀摩、分享與欣賞，培養良好的寫作態度與興趣。
1-1-1-1 能學習觀察簡單的圖畫和事物，並練習寫成一段文字。
1-1-2-2 能在口述作文和筆述作文中，培養豐富的想像力。
1-1-4-3 能相互觀摩作品，分享寫作的樂趣。
1-1-9-4 能經由作品欣賞、朗讀、美讀等方式，培養寫作的興趣。
F-1-2 能擴充詞彙，正確的遣辭造句，並練習常用的基本句型。
1-2-1-1 能運用學過的字詞，造出通順的句子。
1-2-1-2 能仿寫簡單句型。
F-1-3 能認識各種文體的寫作要點，並練習寫作。
1-3-3-1 能認識並欣賞童詩。
1-3-4-2 能認識並練習寫作簡單的記敘文和說明文。
1-3-4-3 能配合日常生活，練習寫簡單的應用文。如：賀卡、便條、書信及日記等。
F-1-4 能練習運用各種表達方式習寫作文。
1-4-5-1 能利用卡片寫作，傳達對他人的關心。
1-4-6-2 能寫出自己身邊或與鄉土有關的人、事、物。
1-4-10-3 能應用文字來表達自己對日常生活的想法。
F-1-5 能概略分辨出作品中文句的錯誤。
1-5-1-1 能指出作品中有明顯錯誤的句子。
F-1-6 能概略知道寫作的步驟（從收集材料到審題、立意、選材及安排段落、組織成篇），逐步豐富作品的內容。
1-6-3-1 能概略知道寫作的步驟。
1-6-7-2 能練習利用不同的途徑和方式，收集各類寫作的材料。
F-1-7 能認識並練習使用標點符號。
1-7-1-1 能認識並練習使用標點符號。
F-1-8 能分辨並欣賞作品中的修辭技巧。
1-8-2-1 能分辨並欣賞文章中的修辭技巧。

F-2-1 能培養觀察與思考的寫作習慣。
2-1-1-1 能養成觀察周圍事物,並寫下重點的習慣。

第二階段（4～6年級）

F-2-2 能正確流暢的遣辭造句、安排段落、組織成篇。
2-2-1-1 能掌握詞語的相關知識,寫出語意完整的句子。
2-2-1-2 能應用各種句型,安排段落、組織成篇。
F-2-3 能認識各種文體,並練習不同類型的寫作。
2-3-3-1 能收集自己喜好的作品,並加以分類。
2-3-4-2 能掌握記敘文、說明文和議論文的特性,練習寫作。
2-3-4-3 能配合學校活動,練習寫作應用文（如:通知、公告、讀書心得、參觀報告、會議記錄、生活公約、短篇演講稿等）。
F-2-4 能應用各種表達方式練習寫作。
2-4-3-1 能應用改寫、續寫、擴寫、縮寫等方式寫作。
2-4-4-2 能配合閱讀教學,練習撰寫摘要、札記及讀書卡片等。
2-4-5-3 能寫作慰問書信、簡單的道歉啓事,表達對他人的關懷和誠意。
2-4-6-4 能寫遊記,記錄旅遊的所見所聞,增進認識各地風土民情的情趣。
F-2-5 能具備自己修改作文的能力,並主動和他人交換寫作心得。
2-5-1-1 能從內容、詞句、標點方面,修改自己的作品。
2-5-9-2 能經由共同討論作品的優缺點,以及刊物編輯等方式,主動交換寫作的經驗。
F-2-6 能依收集材料到審題、立意、選材、安排段落、組織成篇的寫作步驟進行寫作。
2-6-7-1 練習利用不同的途徑和方式,收集各類可供寫作的材料,並練習選擇材料,進行寫作。
2-6-10-2 練習從審題、立意、選材、安排段落及組織等步驟,習寫作文。
F-2-7 能了解標點符號的功能,並在寫作時恰當的使用。
2-7-1-1 能了解標點符號的功能,並能恰當的使用。
F-2-8 能把握修辭的特性,並加以練習及運用。
2-8-2-1 能理解簡單的修辭技巧,並練習應用在實際寫作。
F-2-9 能練習使用電腦編輯作品,分享寫作經驗和樂趣。

2-9-8-1 能利用電腦編輯班刊或自己的作品集。 2-9-8-2 能透過網路，與他人分享寫作經驗和樂趣。
F-2-10 能發揮想像力，嘗試創作，並欣賞自己的作品。 　2-10-2-1 能在寫作中，發揮豐富的想像力。 　2-10-3-2 能嘗試創作（如童詩、童話等），並欣賞自己的作品。
第三階段（7～9 年級）
F-3-1 能應用觀察的方法，並精確表達自己的見聞。 　3-1-1-1 能應用觀察的方法，並精確表達自己的見聞。
F-3-2 能精確的遣辭用字，並靈活運用各種句型寫作。 　3-2-1-1 能精確的遣詞用字，恰當的表情達意。 　3-2-1-2 能靈活應用各種句型，充分表達自己的見解。
F-3-3 能理解各種文體的特質，並練習寫作不同類型的作品。 　3-3-4-1 能寫出事理通順、舉證充實的議論文和抒發情意的抒情文。 　3-3-9-2 能根據實際需要，主動嘗試寫作不同類型的文章。
F-3-4 練習應用各種表達方式寫作。 　3-4-4-1 能配合各項學習活動，撰寫演說稿、辯論稿或劇本。 　3-4-4-2 能培養寫日記的習慣。 　3-4-4-3 能配合各學習領域，練習寫作格式完整的讀書報告。 　3-4-5-4 能集體合作，設計宣傳海報或宣傳文案，傳遞對環境及人群的人文 　　　　　關懷。 　3-4-6-5 能靈活運用文字，透過寫作，介紹其他國家的風土民情。 　3-4-7-6 能撰寫自己的工作計畫或擬定各項計畫。
F-3-5 掌握寫作步驟，充實作品的內容，精確的表達自己的思想。 　3-5-7-1 能將收集的材料，加以選擇，並做適當的運用。 　3-5-10-2 能依據寫作步驟，精確的表達自己的思想，並提出佐證或辯駁。
F-3-6 了解標點符號的功能，並適當使用。 　3-6-1-1 能配合寫作需要，恰當選用標點符號和標點方式，達到寫作效果。
F-3-7 能靈活應用修辭技巧，讓作品更加精緻感人。 　3-7-2-1 能養成反覆推敲的習慣，使自己的作品更加完美，更具特色。 　3-7-2-2 能靈活的運用修辭技巧，讓作品更加精緻優美。

F-3-8 能練習使用電腦編輯作品，分享寫作的樂趣，討論寫作的經驗。
　3-8-4-1 能透過電子網路，與他人分享寫作的樂趣。
　3-8-8-2 能透過電子網路，與他人分享作品，並討論寫作的經驗。
　3-8-8-3 能練習利用電腦，編印班刊、校刊或自己的作品集。
F-3-9 發揮思考及創造的能力，使作品具有獨特的風格。
　3-9-3-1 能主動創作，並發表自己的作品。
　3-9-9-2 能藉由擴充標題撰寫、表現技巧、圖文配合、字體安排等寫作經驗，
　　　　　使作品具有獨特的風格，並嘗試應用編輯學校刊物。

　　由以上的能力指標可歸納出大部分的能力指的是寫作興趣的培養、寫作技巧的運用、文體、字辭、修辭等基礎知識的學習、文章結構的練習等等內容，有關創造力的各年段能力指標如，第二學習階段（國小4～6年級）：

F-2-10 能發揮想像力，嘗試創作，並欣賞自己的作品。
　2-10-2-1 能在寫作中，發揮豐富的想像力。
　2-10-3-2 能嘗試創作（如童詩、童話等），並欣賞自己的作品。

　　第三學習階段（國中1～3年級）：

F-3-9 發揮思考及創造的能力，使作品具有獨特的風格。
　3-9-3-1 能主動創作，並發表自己的作品。
　3-9-9-2 能藉由擴充標題撰寫、表現技巧、圖文配合、字體安排等寫作經
　　　　　驗，使作品具有獨特的風格，並嘗試應用編輯學校刊物。

　　這二階段強調學生要能發揮創造力，並且在國小4～6年級要能創作童詩、童話等，本書所提出的創造性寫作的方向，以及三大

文體的創造性場域寫作教學策略，正可以用來使學習目標明確化、學習效果再精緻化。

　　「課程綱要」的主要規範對象是制式化的場域，在細部的分段能力指標中，明確列出利用場域特性來學習的不多，大約有：觀察；與老師、同儕分享；能配合學校活動，練習寫作；能用電腦編輯班刊或自己的作品集；配合各領域課程，練習寫作……等，其實學校的場域特性最佳，可利用的資源也最多，倘若能在課程綱要中多列舉加入學習能力中，相信對寫作的教學與學習是可以達到事半功倍的效果的。

第八章　結論

第一節　重點回顧

我個人在第一線的教育現場,同時接觸到學校與作文班的寫作教學,深感作文教師的難為與學生寫不出文章的痛苦,面對這樣的難題,心裡想寫作為什麼會成了老師、學生深受折磨的苦差事?這些問題,引發我想了解問題的癥結點,了解學生目前所面臨的困境並尋求適當的寫作教學方式,善用教學技巧引導學生關注生活的細節,激發學生豐富的想像力,鼓勵學生發揮創造思考,樂於表達心中的感受;並且意識到目前在寫作教學上引發兒童的創造力進而寫出有創意的作品,儼然已成為一種趨勢。

就在大家都追求創意的同時,我卻對學生寫出什麼樣的作品才稱得上「有創意」產生疑問,實施創造性寫作教學時應引導學生朝哪些方向才能寫出具有創意的作品?這是本書的問題之一。研究問題之二是:觀看國內有眾多學者針對創造性寫作教學進行行動研究及其他的實證研究,利用創造思考教學策略,經由適當的教學設計及引導實際進行寫作教學,各研究結果雖然都顯示學生寫作的興趣及能力都有明顯的提升,但在這些研究中,教學地點一律以學校課室為主。本書試著在創造性寫作教學下再加入場域的概念,探討不

同的場域之下教師運用的教學策略應該也要有所不同；教師若是能更加重視教學現場的地理空間、社會空間這二種既分又合的微妙關係，對整個寫作教學來說是否會更有效果？希望藉此研究，不僅能解決自身的困境，同時也能喚起其他研究者對「場域」概念的重視。在實施創造性寫作教學中，學生能否有創意的表現，最重要的影響因素就是老師，本書針對三種不同場域建構創造性的寫作教學策略，希望能對處在這三種不同場域的教師有所幫助，讓寫作的教與學獲得最大成效，更期望能推廣到社會商業場域，讓學生的創意作品有另一個揮灑的空間。

　　確定了研究問題及目的後，本書是以理論建構的研究方式進行，跟一般的實證研究是相異的。所以在進行研究之前，就必須先設定相關的概念，再經由命題的建立到命題的演繹，形成一個完整的模式，設定好相關的概念、命題、演繹後，必須運用研究方法來構思與實踐，而由於本書各章節所處理的問題性質不同，適合的研究方法各異，分別採用現象主義方法、美學方法、詮釋學方法、社會學的方法；再則，針對本書中第六章的教學策略設計與實施建議，必須藉助下列教學法，以提供有效寫作教學的目標：包括閱讀教學方法（可以再利用講述法、討論法、探究法或創造思考法等來進行閱讀教學）、寫作教學方法（又可以採用下列幾種來實施：第一，講述法／成果導向教學法；第二，自然過程法／低結構性過程導向教學法；第三，環境法／高結構性過程導向教學法；第四，個別化法／輔助式成果導向教學法）。這是因為寫作的過程幾乎都有「範文」的引導，所以才需要搭配閱讀教學。而實際上閱讀與寫作有相當密不可分的關係，像本書以閱讀引導為前提，實際是為了替

後續的寫作鋪路，閱讀教學方法和寫作教學方法互相搭配，以期獲得最大的教學成效。

　　本書範圍與限制，大致上可分為創造性寫作教學及場域兩大部分。首先以創造性寫作教學來說，範圍主要朝向藉由「創意作品」的分析來提點。「創意作品」的選用，採用的是現象主義方法，基於個人所接觸的作品有限，只能在平日的閱讀中選取適合的教學文本，判斷作品是否具有創意。再以「無中生有、製造差異」為判別的依據，其中無可避免會加入個人主觀意識的解讀。「創意作品」選定之後，進一步再將作品細分為「知識性」經驗、「規範性」經驗、「審美性」經驗等三大範疇。透過這些作品來引導學生創造思考。加上本書希望學生能寫出「有創意」的作品，在寫作的字數上不加以限定。有關教學設計實施時寫作的文體類型，選擇以抒情文、敘事文、說理文為主；在「場域」方面，場域所涵蓋的面向更為廣泛，舉凡教學的地點、教室空間、師生互動、教學情境……等，如果全部的因素都要顧及，則有感於時間、能力的有限，所以本書選擇我任教的學校、作文班兩種場域，怕感到不足。再加上與前兩種場域有著不同特性的補習班。

　　研究的目標確定之後，便著手於文獻的收集與探討，因為有關寫作教學的文獻相當多，所以將文獻探討獨立成一章來論述，探討的文獻包含有寫作教學、創造性寫作、場域課題、場域寫作教學。在收集文獻的過程中，寫作教學或是創造性寫作的文獻相當多，我整理出近十年與本書較為相關的寫作教學研究，可歸納出國內在寫作教學的研究上以實證研究及行動研究居多，大多探討不同的教學法在學校班級實施後對學生的寫作態度、寫作表現及寫作興趣的影響，但可惜的是多半的研究場域以學校課室為主，只有部分將場域

移至網路上的寫作，本書所要加入的非制式場域及補教場域，在眾多研究中是缺乏的。

　　第三章以四個方面來探討目前寫作教學的現況，以相關的研究證實寫作教學追求創意已成一種趨勢，再針對創意教學的實施概況及創意教學成效作探討，並進而釐清創意的概念。目前的寫作教學現況，有些已將場域的概念考慮到教學中了，而自己卻不自知，刻意以場域為主要考量的非常少；有些是以網路為場域，這種研究就會比較重視場域的特性，因為它所研究的場域跟其他大多的研究來比是較特別、少見的，其他的研究則絕大多數都以教學法為重，這也是本書選擇「場域」的主要原因。

　　第四章提出了創造性寫作的向度，本書所指的「創造性」是「無中生有」或「製造差異」，試著將教學引導教材（創意作品）先以無中生有及製造差異作為創意程度的區分標準。再進一步以此標準將創意作品區分為語文經驗三大範疇：分別為知識性的無中生有與製造差異、規範性的無中生有與製造差異以及審美性的無中生有與製造差異。引導學生從這三大語文經驗出發，不致於在創造性寫作的茫茫大海中找不到方向。而在作品的分析上，這三大規範的判別標準分別是：所謂的「知識性」可說是個人經驗所得，並可進一步判斷真假，可認知、可增加知識有時也會造成觀念上的改變，以此來判斷語文成品中的所依據的是什麼以及更經由這一件事物的邏輯架構或者說它的動作而找出它的意義，簡單來說就是求「真」；「規範」是指人之於行動、思想、情緒等，倘若想要實現其正確的目標，自有不可不服從的原理或法則。求行動的正，必從所謂「善」的法則；求思想的正，必從所謂「真」的法則；求情緒的正，必從所謂「美」的法則。在本書中所稱的規範性指的就是行為中必從「善」

的法則;「審美性」是一種對美醜所給予的評價態度。通常指在主客觀的情境中,對事物或藝術品的美的一種領會,所求的是「美」。

在第五章再結合場域概念,分析制式場域——學校、非制式場域——作文班及補教場域的寫作教學,主要以空間場域與社會場域的特性來結合寫作教學。空間場域主要分成動態和靜態資源;社會場域較為複雜,將它分成師生互動、同儕關係、權力配置、環境影響、班級經營(含情境布置)等來作論述。分析各場域所具有的優勢、劣勢,如何運用場域優勢、克服場域劣勢來進行最有效的寫作教學。

第六章歸結上述的重點,將創造性與場域結合運用於寫作教學上,首先提出本書的教學策略,作層次性的安排,最上層是本書的教學理念,以創造性的場域寫作教學為主要的核心,不偏離目標與主題,再以循序性的教學活動安排,提供三種語文經驗(知識性、規範性、審美性)的創意作品為教材,使學生的創作有方向可循;再進一步與場域概念相結合,依各場域不同的特性,選擇適合、有趣的教學方法,真正落實到各場域教學。將上述的教學策略簡單以三個步驟來表示:一、策略一:設計理念;二、策略二:教材分析;三、策略三:教學活動。

依此策略模式,進行設計三種文體的創造性場域寫作教學策略。抒情文以童詩、抒情散文為主;敘事文則以敘事散文、童話、少年小說為重點分析;說理文以一般論說性的文章為代表。在策略一的部分,設計理念又區分成設計理念、文體知識以及寫作方向;策略二是先依場域特性來選用教材、摘錄出教材內容再分析教材;策略三的教學活動,先介紹教學的核心及教師引導的重點,搭配常見、適合的教學法設計教學活動流程,再以各場域文類教學策略一

覽表明列出不同場域所適合的教學活動，將各場域教學活動的異同
作一比較。

　　在第七章的創造性的場域寫作教學的推廣，先分析學校、作文
班和補習班的教學與學習的困境，進而推廣本書所提出的寫作教學
策略。以學校來看，學校的場域資源是最豐富的，倘若能加以善用，
學校的寫作教學成效應該是最好的；在作文班，場域的特性雖然不
比學校好，但它也有它的優勢，可以針對教材，讓學生作一系列完
整的學習；至於在補習班場域的限制最多，人數多，上課只能在教
室，倘若能在學生基本的寫作能力上，再加入創造性的場域寫作教
學，啟發學生的創意，寫出具有創造性的文章，讓閱卷老師「耳目
一新」，一定不難獲得高分。再將本書的創造性寫作教學推廣到
文學營、社經文宣和商業廣告企畫以及語文學習領域課程綱要的
修訂。

第二節　未來的展望

　　本書所提出的創造性場域寫作教學，因時間、篇幅的有限，個
人的見解也可能還有尚未穿透的層面，以致於在最後一節中再予抒
論以展望未來，大抵上提出四個可以優先展望的層面：

1. 創意作品的列舉與收集：本書創意作品的選用，侷限於個人
   所接觸過的作品，今後可以依此模式再進行其他創意作品的
   收集與分析，以為強化寫作教學教材的輔證。

2. 進行其他場域的寫作教學策略設計：「場域」所涵蓋的範圍廣泛，有感於時間及能力的有限，本書將它固定為三大範圍，日後有餘力當再擴及其他。

3. 創造性的場域寫作教學策略可以增加其他文體的教學設計：依文體的分類，抒情文、敘事文及說理文這三大文類涵蓋面相當深廣，所再細分的部分無法詳盡的列出舉例，只選了較具代表性的文類，後續的研究可再將其他的文類補足，將會更加完整。

4. 運用到實際的教學以為檢證成效：本書只提出了粗略、大方向的教學策略，我自己或有興趣的研究者可以將這套教學策略實際運用到課堂上，進行教學成效的實證研究。

　　寫作是綜合語文能力的展現，而創意在寫作中又佔有極為重要的地位，期望日後能有更多有志一同的教育伙伴願意在這個領域投入心血研究，為孩子寫作能力的提升盡一份心力。

參考文獻

一、中文部分

大陸新聞中心／臺北報導（2004.6.22），〈想死的老鼠作文獲滿分〉，《中國時報》A11 版。

文麗芳（2005），《國小童詩寫作教學研究——以六年級體育班為例》，臺北教育大學語文教育學系碩士論文（未出版）。

王世德主編（1987），《美學辭典》，臺北：木鐸。

王弘五譯（1987），Bochenski 著，《哲學講話》，臺北：鵝湖。

王臣瑞（2000），《知識論》，臺北：學生。

王志弘（1998），《流動、空間與社會》，臺北：田園城市。

王其敏（1997），《視覺創意：思考與方法》，臺北：正中。

王派仁（2004），〈創造思考教學策略運用於童話寫作指導之理論與實例〉，《資優教育季刊》，90，1-6。

王淑貞（2002），《感官觀察活動與過程導向寫作教學對學童寫作表現與態度之比較研究》，屏東師範學院國民教育研究所碩士論文（未出版）。

王淞銓譯（2007），中山真人著，《文案就該這樣寫》，臺北：商周。

王溢嘉（2005），《褲襪‧天花與愛因斯坦創異啟示錄》，臺北：野鵝。

王萬清（1988），《創造性閱讀與寫作教學》，高雄：復文。

王萬清（1995），〈寫作教師之寫作教學內容知識偏好與結構研究〉，《臺南師範學院初等教育學報》，8，53-124。

王夢鷗（1976），《文學概論》，臺北：藝文。

以葳譯（2007），Maxwell 著，《差異製造者──你的態度，決定你的競爭力！》，臺北：易富。

朱光潛（1981），《詩論》，臺北：德華。

朱建民（2003），《知識論》，臺北：空中大學。

江之中（2002），《創造性兒童詩教學對國小四年級學童創造力之影響──以臺中縣太平市一所國小為例》，屏東師範學院國民教育研究所碩士論文（未出版）。

江惜美（2001），〈國小高年級作文教學法〉，《臺南師範學院語文教育中心語文教育通訊》，22，63-71。

何南輝編著（2007），《連總統都喜歡的 55 個小故事》，臺北：知青頻道。

吳丹寧（2005），《國小議論文寫作教學之探討與實踐──以臺中縣一所國小高年級為例》，新竹教育大學人資處語文教學碩士論文（未出版）。

吳怡靜（2007），〈玩樂中，揮灑寫作創意〉，《天下雜誌親子天下專刊》，2007.9.6～2007.12.31。

吳英長（2007），《吳老師學思集（一）：兒童文學與閱讀教學》，臺東：吳英長老師紀念文集編委會。

吳清山（2002），〈創意教學的重要理念與實施策略〉，《臺灣教育》，614，2-8。

吳惠花（2007），《資訊科技融入作文教學模式之探究——以某國小五年級為例》，臺北教育大學語文與創作學系語文教學碩士論文（未出版）。

李猛、李康譯（1998），Bourdieu 等著，《實踐與反思——反思社會學導引》，北京：中央編譯。

李玉貴（2006），〈解構現行課文教學的呼籲與實踐——從讀寫結合取向的寫作鷹架談起〉，收編於王開府、陳麗桂主編，《國文作文教學的理論與實際》，臺北：心理。

李佩芬（2007a），〈口說作文，點燃孩子創意〉，收編於何琦瑜、吳毓珍主編，《教出寫作力》，臺北：天下雜誌。

李佩芬（2007b），〈作文補習班怎麼教？教什麼？〉，收編於何琦瑜、吳毓珍主編，《教出寫作力》，臺北：天下雜誌。

李佩芬（2007c），〈引導學生把「最會寫的寫出來」〉，收編於何琦瑜、吳毓珍主編，《教出寫作力》，臺北：天下雜誌。

李瑞騰（1991），《臺灣文學風貌》，臺北：三民。

李蓓潔（2007a），〈把作文當成一場華麗冒險〉，收編於何琦瑜、吳毓珍主編，《教出寫作力》，臺北：天下雜誌。

李蓓潔（2007b），〈陳銘磻寫作就好像是樂高遊戲〉，收編於何琦瑜、吳毓珍主編，《教出寫作力》，臺北：天下雜誌。

杜明城譯（1999），Csiksentmihalyi 著，《創造力》，臺北：時報。

周浩中譯（1989），Collingwood 著，《藝術哲學大綱》，臺北：水牛。

周新富（2005），《Bourdieu 論學校教育與文化再製》，臺北：心理。

周慶華（1994），《秩序的探索——當代文學論述的省察》，臺北：東大。

周慶華（1999），《思維與寫作》，臺北：五南。

周慶華（2001），《作文指導》，臺北：五南。

周慶華（2002），《故事學》，臺北：五南。

周慶華（2004a），《語文研究法》，臺北：洪葉。

周慶華（2004b），《創造性寫作教學》，臺北：萬卷樓。

周慶華（2004c），《文學理論》，臺北：五南。

周慶華（2007a），《語文教學方法》，臺北：里仁。

周慶華（2007b），《走訪哲學後花園》，臺北：三民。

周慶華（2008a），《從通識教育到語文教育》，臺北：秀威。

周慶華（2008b.4.10），〈收藏自己的方法〉，《國語日報》第 5 版。

邱天助（1998），《Bourdieu 文化再製理論》，臺北：桂冠。

林玉佩（2007），〈體檢國語文教育──時數不足教法凌亂〉，收編
　　於何琦瑜、吳毓珍主編，《教出寫作力》，臺北：天下雜誌。

林亨泰、彭震球（1978），《創造性教學法（下冊）》，臺北：臺北市
　　政府教育局。

林宜利（2003），《整合繪本與概念構圖之寫作教學方案對國小三年
　　級學童記敘文寫作表現之影響》，臺灣師範大學教育心理與輔
　　導研究所碩士論文（未出版）。

林宜龍（2003），《國小語文領域創造思考寫作教學之研究──一個
　　教學視導人員行動研究》，嘉義大學國民教育研究所碩士論文
　　（未出版）。

林建平（1985），《作文和繪畫創造性教學方案對國小四年級學生創
　　造力之影響》，臺灣師範大學輔導研究所碩士論文（未出版）。

林建平（1985），《國小如何實施作文和繪畫創造性教學》，臺北：
　　臺北市立師範專科學校國教輔導叢書。

林建平（1996），《創思作文》，臺北：國語日報。

林建平（1997），《創意的寫作教室》，臺北：心理。

林珍羽（2002），《創造性唐詩教學對國小五年級兒童創造力及學習動機之影響》，屏東師範學院國民教育研究所碩士論文（未出版）。

林盈君（2005），《一位國小教師作文教學慎思歷程之研究》，臺北師範學院課程與教學研究所碩士班論文（未出版）。

林英琴（2005），《情境引導作文教學之行動研究》，嘉義大學國民教育研究所碩士論文（未出版）。

林郁展（2003），《概念構圖在國小「過程導向」寫作教學的應用研究》，嘉義大學教育科技研究所碩士論文（未出版）。

林雅玲（2002），《國中小創意教師教學策略與成效之研究》，臺灣師範大學工業教育研究所碩士論文（未出版）。

林煥彰編（1980），《童詩百首》，臺北：爾雅。

林寶山（1988），《教學原理》，臺北：五南。

柔柔（2000.9.21），〈比較疼我〉，《聯合報》第 36 版。

勁草（2003.12.09），〈一隻青蛙爬呀爬〉，《聯合報》第 E6 版。

姜淑玲（1996），《「對話式寫作教學法」對國小學童寫作策略運用與寫作表現之影響》，花蓮師範學院國民教育研究所碩士論文（未出版）。

姚一葦（1985），《藝術的奧秘》，臺北：開明。

姚一葦（1992），《審美三論》，臺北：開明。

施並宏（2005），《情境教學論在國小作文教學的實踐與省思——以竹北市光明國小三年級為例》，新竹師範學院進修暨推廣部教師在職進修臺灣語言與語文教育教學碩士班論文（未出版）。

韋志成（1996），《語文教學情境論》，中國：廣西教育。

段德智、尹大貽、金常政譯（2005），Angeles 著，《哲學辭典》，臺北：貓頭鷹。

唐文（2005），《重返古希臘——尋主西方智慧的根源》，臺北：圓神。

卿美玉（2005），〈坊間作文面面觀〉，《文訊》，239，95-99。

孫晴峰（1999），《炒一盤作文的好菜》，臺北：東方。

孫智綺譯（2003），Bonnewitz 著，《布赫迪厄社會學的第一課》，臺北：麥田。

高熏芳（1996），〈情境學習中教師角色之探討：共同調節師生關係模式之應用〉，《教學科技與媒體》，29，32-40。

徐靜儀（2006），《童話電子書創作教學研究——以某國小五年某班為例》，臺北教育大學語文教育學系碩士論文（未出版）。

徐麗玲（2007），《國小二年級感官作文教學研究》，臺北教育大學語文與創作學系語文教學碩士論文（未出版）。

翁書郁（2006），《小組討論融入作文教學實施模式之研究——以花蓮縣明恥國小三年級為例》，花蓮教育大學語文科教學碩士論文（未出版）。

張子樟主編（1998），《俄羅斯鼠尾草——名家的少年小說 1976～1997》，臺北：幼獅。

張月美（2006），《繪本融入限制式寫作教學之行動研究》，花蓮教育大學語文科教學碩士論文（未出版）。

張家綺（2008），〈教學魔術師——創意教學之實務應用〉，《教師之友》，49：3，30-37。

張新仁（1992），《寫作教學研究》，高雄：復文。

張新仁（1994），〈著重過程的寫作教學策略〉，《特教園丁》，9：3，1-9。

張新仁主編（2004），《班級經營》，臺北：五南。

許文章（2001），《故事圖教學對國小六年級學生記敘文寫作表現與組織能力之研究》，花蓮師範學院國民教育研究所碩士論文（未出版）。

許家菱（2005），《電子郵件運用在國小三年級寫作教學之行動研究》，高雄師範大學回流中文碩士班碩士論文（未出版）。

教育部（2001），《創造力教育白皮書》，臺北：教育部。

教育部（2003），《國民中小學九年一貫課程綱要語文學習領域》，臺北：教育部。

商金龍（2007），《100 個故事 100 個哲理》，臺北：廣達。

畢恆達（2006），《空間就是權力》，臺北：心靈工坊。

連淑鈴（2003），《電腦看圖故事寫作對國小二年級學童寫作成效及寫作態度影響之研究》，臺北市立師範學院國民教育研究所碩士論文（未出版）。

郭一帆（2007），《思路決定財路》，臺北：大利。

郭奉元編著（2007），《說故事行銷效果大──成功行銷 120 招》，臺北：三思堂。

陳弘昌（1992），《國小語文科教材教法》，臺北：五南。

陳正治（2008），〈作文教學法介紹與探討〉，《國教新知》，55：1，19-34。

陳光中等譯（1991），Smelser 著，《社會學》，臺北：桂冠。

陳宜貞（2003），《創造思考教學法應用於國小六年級作文課程的教學研究》，臺中師範學院語文教育學系碩士論文（未出版）。

陳秉樟（2000），《道德規範與倫理價值》，臺北：業強。

陳秋妤（2006），《概念構圖寫作教學對國小四年級寫作困難學生寫作學習效果之研究》，臺中教育大學特殊教育學系碩士論文（未出版）。

陳英豪等著（1980），《創造思考與情意的教學》，高雄：復文。

陳淑霞（2006），《數位化繪本融入國小寫作教學之研究》，臺北市立教育大學數學資訊教育研究所碩士論文（未出版）。

陳翠梅（2005），《國民小學實施「閱讀——寫作——手工書」課程統整教學之行動研究以——一個中年級班級為對象》，高雄師範大學教育學系碩士論文（未出版）。

陳鳳如（1998），《閱讀與寫作整合的寫作歷程模式驗證及其教學效果之研究》，臺灣師範大學教育心理與輔導研究所博士論文（未出版）。

陳龍安、朱湘吉（1993），《創造與生活》，臺北：國立空中大學。

陳龍安（1994），〈創意人的十二把金鑰匙（上）〉，《創造思考教育》，6，35-52。

陳龍安（2000），《創造思考教學》，臺北：師大書苑。

陳龍安（2006），《創造思考教學的理論與實務——第六版》，臺北：心理。

陸祖昆譯（1988），恩田彰等著，《創造性心理學》，臺北：五洲。

馮瓊瑤（2003），《國小四年級學童實施概念構圖作文教學研究》，嘉義大學國民教育研究所碩士論文（未出版）。

富米（2002.9.27），〈誰最壞？〉，《中國時報》第 38 版。

童丹萍（2004），《嘉義縣市國民小學國語文寫作教學實施之調查研究》，嘉義大學國民教育研究所碩士論文（未出版）。

童丹萍（2005），〈從寫作過程談寫作教學策略〉，《國教之友》，56：4，65-70。

童慶炳（1994），《中國古代心理詩學與美學》，臺北：萬卷樓。

曾仰如（1987），《形上學》，臺北：商務。

曾惠鈺（2005），《國小提早寫作教學策略探究》，臺南大學語文教育學系教學碩士班碩士論文（未出版）。

傅佩榮等（1995），〈儒家倫理現代化〉，《哲學雜誌》，12，6-7。

彭震球（1991），《創造性教學之實踐》，臺北：五南。

黃尤君（1996），《臺灣地區國小作文教學觀念演變之研究》，臺東師範學院國民教育研究所碩士論文（未出版）。

黃慶明（1991），《知識論講義》，臺北：鵝湖。

楚映天編著（2007），《壞事沒你想的那麼壞》，臺北：普天。

楊敏編（2003），《上帝的考驗》，香港：三聯。

楊若麟（2007），《106則顛覆人生的神奇小故事》，臺北：一言堂。

楊素花（2004），《國小六年級寫作教學運用創造思考教學策略之行動研究》，臺南大學教育學系課程與教學碩士班論文（未出版）。

葉航（1988），《美的探索》，臺北：志文。

葉玉珠（2006），《創造力教學——過去、現在與未來》，臺北：心理。

詹秋雲（2006），《自然觀察融入童話寫作教學之研究：以中和國小五年級學童為例》，新竹教育大學語文學系碩士論文（未出版）。

趙金婷（1992），《國小學童寫作過程之研究》，高雄師範大學教育研究所碩士論文（未出版）。

趙敏修改寫（1992），《格林童話全集 I》，臺北：聯廣。

趙雅博（1979），《知識論》，臺北：幼獅。

廖淑蘭（2002），《創造教學的研究與推動──以國語文實例為中心》，彰化師範大學國文學系在職進修專班碩士論文（未出版）。

甄曉蘭（2005），〈戲劇創作在作文教學的應用〉，臺北：臺灣師範大學。

臺灣商務印書館編審部（1971），《哲學辭典》，臺北：臺灣書店。

劉渼（2006），〈創造技法融入作文教學模式與行動研究〉，收編於王開府、陳麗桂主編，《國文作文教學的理論與實際》，臺北：心理。

劉育珠譯（2001），Klein 著，《天空不藍，仍然可以歡笑》，臺北：張老師。

劉佳玟（2006），《創造思考作文教學法對國小五年級學童在寫作動機及寫作表現上的影響》，屏東教育大學教育科技研究所碩士論文（未出版）。

劉明松（2001），〈寫作認知策略教學（CSIW）對國小學童寫作品質影響之研究〉，《臺東師院學報》，12（上），87-114。

劉明松（2003），《結構性過程取向寫作教學對國小作文低成就學生作學習效果之研究》，彰化師範大學特殊教育研究所碩士論文（未出版）。

劉素梅（2006），《國小三年級學童實施故事結構寫作教學之研究》，臺中教育大學語文教育學系碩士論文（未出版）。

寫作天下編委會主編（2007），《大家來寫酷作文 2》，臺北：新潮社。

蔡佩欣（2003），《創思寫作教學對國小低年級學童寫作能力影響之研究》，臺中師範學院語文教育學系碩士論文（未出版）。

蔡淑菁（2005），《戲劇策略融入國小六年級寫作教學之行動研究》，臺南大學戲劇研究所碩士論文（未出版）。

蔡雅泰（1995），《國小三年級創造性作文教學實施歷程與結果之分析》，屏東師範學院初等教育研究所碩士論文（未出版）。

蔡雅泰（2006），〈從創作本質談作文教學策略〉，《師友月刊》，467，96-99。

蔡榮昌（1979），《作文教學探究》，高雄師範大學國文研究所碩士論文（未出版）。

蔡銘津（1991），《寫作過程教學法對國小學學生寫作成效之研究》，高雄師範大學教育研究所碩士論文（未出版）。

蔡錫濤，楊美雪（1996），〈情意式學習的教學設計〉，《教學科技與媒體》，30，48-53。

鄭福海（2003），《國民小學創造思考教學及推動策略之研究》，臺南大學國民教育研究所碩士論文（未出版）。

賴聲川（2006），《賴聲川的創意學》，臺北：天下雜誌。

謝高橋（1997），《社會學》，臺北：巨流。

鍾敏華（2002），《兒童繪本與兒童語文創造力之教學行動研究》，臺東師範學院兒童文學研究所碩士論文（未出版）。

藍采風（2002），《社會學》，臺北：五南。

顏丹鳳（2005），《資訊科技融入寫作教學──以全語文的觀點為架構》，嘉義大學國民教育研究所碩士論文（未出版）。

魏伶娟（2005），《創造思考教學策略應用於童話寫作教學之研究》，新竹教育大學人資處語文教學碩士班碩士論文（未出版）。

羅肇錦（1996），《武松打虎感官作文》，臺北：圖文。

關永中（2002），《知識論（二）——近世思潮》，臺北：五南。

二、網路資料

中國國民黨全球資訊網（2008），〈2008 競選金像獎〉，
　　http://www.kmt.org.tw/category_3/category3_3_n.asp?sn=198
　　點閱日期：2008.8.15

世界新聞網（2008），〈逛古蹟邊吃邊寫余光中辦另類寫作營〉，
　　http://www.worldjournal.com/wj-tw-news.php?nt_seq_id=1659453
　　點閱日期：2008.8.14

陳榮基（2008），〈山型四段寫作法簡介〉，
　　http://www.literary-house.com/hnm/hnm/books.asp?book=book_03
　　點閱日期：2008.7.28

陳龍安（2007），〈創造力的開發的理念與實踐〉，
　　http://adm.ncyu.edu.tw/~soarts/reativity/A-01.htm
　　點閱日期：2007.10.25

國語日報社（2008），〈認識寫作教室〉，
　　http://www.mdnkids.com/Classboard/write.htm
　　點閱日期：2008.7.21

教育部國語推行委員會編纂（2008），《重編國語辭典修訂本》，
　　http://dict.revised.moe.edu.tw/cgi-bin/newDict/dict.sh?cond=%B5
　　%A6%B2%A4&pieceLen=50&fld=1&cat=&ukey=245399699&s
　　erial=1&recNo=0&op=f&imgFont=1
　　點閱日期：2008.8.2

教育部國語推行委員會編纂（2008），《重編國語辭典修訂本》，

  http://dict.revised.moe.edu.tw/cgi-bin/newDict/dict.sh?idx=dict.idx

  &cond=%BCf%AC%FC&pieceLen=50&fld=1&cat=&imgFont=1

  點閱日期：2008.7.19

聯合報系讀者俱樂部（2008），〈文學寫作假日營〉，

  ttp://show.udn.com/mag/readers/itempage.jsp?f_MAIN_ID=150&

  f_SUB_ID=906

  點閱日期：2008.8.14

國家圖書館出版品預行編目

創造性的場域寫作教學 / 林璧玉撰. -- 一版.
-- 臺北市：秀威資訊科技, 2009. 1
面；　公分. -- （社會科學類；AF0101）
（東大學術；9）
BOD 版
參考書目：面
ISBN 978-986-221-140-3（平裝）

1. 寫作法　2. 創造思考教學

811.033　　　　　　　　　　　　97023921

 社會科學類　AF0101

東大學術⑨
創造性的場域寫作教學

作　　者 / 林璧玉
發 行 人 / 宋政坤
執行編輯 / 黃姣潔
圖文排版 / 鄭維心
封面設計 / 陳佩蓉
數位轉譯 / 徐真玉　沈裕閔
圖書銷售 / 林怡君
法律顧問 / 毛國樑　律師
出版印製 / 秀威資訊科技股份有限公司
　　　　　台北市內湖區瑞光路 583 巷 25 號 1 樓
　　　　　電話：02-2657-9211　　　傳真：02-2657-9106
　　　　　E-mail：service@showwe.com.tw
經 銷 商 / 紅螞蟻圖書有限公司
　　　　　台北市內湖區舊宗路二段 121 巷 28、32 號 4 樓
　　　　　電話：02-2795-3656　　　傳真：02-2795-4100
　　　　　http://www.e-redant.com

2009 年 1 月 BOD 一版
定價：270 元

讀 者 回 函 卡

感謝您購買本書，為提升服務品質，煩請填寫以下問卷，收到您的寶貴意見後，我們會仔細收藏記錄並回贈紀念品，謝謝！

1. 您購買的書名：_____

2. 您從何得知本書的消息？

　　□網路書店　□部落格　□資料庫搜尋　□書訊　□電子報　□書店

　　□平面媒體　□ 朋友推薦　□網站推薦 □其他_____

3. 您對本書的評價：(請填代號　1.非常滿意 2.滿意 3.尚可 4.再改進)

　　封面設計____　版面編排____　內容____　文/譯筆____　價格____

4. 讀完書後您覺得：

　　□很有收獲　□有收獲　□收獲不多　□沒收獲

5. 您會推薦本書給朋友嗎？

　　□會　□不會，為什麼？_____

6. 其他寶貴的意見：_____

　　_____

　　_____

　　_____

讀者基本資料

姓名：_____　年齡：_____　性別：□女 □男

聯絡電話：_____ E-mail：_____

地址：_____

學歷：□高中(含)以下　□高中　□專科學校　□大學

　　　□研究所(含)以上 □其他_____

職業：□製造業 □金融業 □資訊業 □軍警 □傳播業 □自由業

　　　□服務業 □公務員 □教職　□學生 □其他_____

To：114

台北市內湖區瑞光路 583 巷 25 號 1 樓

秀威資訊科技股份有限公司　　　收

寄件人姓名：

寄件人地址：□□□

- -

(請沿線對摺寄回,謝謝!)

秀威與 BOD

BOD（Books On Demand）是數位出版的大趨勢，秀威資訊率先運用 POD 數位印刷設備來生產書籍，並提供作者全程數位出版服務，致使書籍產銷零庫存，知識傳承不絕版，目前已開闢以下書系：

一、BOD 學術著作—專業論述的閱讀延伸
二、BOD 個人著作—分享生命的心路歷程
三、BOD 旅遊著作—個人深度旅遊文學創作
四、BOD 大陸學者—大陸專業學者學術出版
五、POD 獨家經銷—數位產製的代發行書籍

BOD 秀威網路書店：www.showwe.com.tw
政府出版品網路書店：www.govbooks.com.tw

永不絕版的故事・自己寫・永不休止的音符・自己唱